プラアクト斬
PLA ACT ZAN
ZAN
SOW
イラスト：稲葉コウ
原案：(株)ピーエムオフィスエー
創芸社クリスタルブックス

前章

それははるかな昔、この世界にまだ大地がなく、混沌の海が広がっていた時代。

原初の神々たちが降り立ち、新たな生命を生み出そうとした頃、それは現れた。

無限の星霜の彼方より飛来せしそれは、全てを喰らい、全てを破壊する、邪悪なるもの。

神々はそれを、〝邪神〟と呼び、憎み、嫌い、恐れた。

暴虐の限りをつくす邪神を滅ぼすべく、神々は新たな神を創造する。

一切の邪悪を滅ぼせしもの、鋼の体と、金色の魂を宿せし、〝闘神〟を生み出す。

天をも斬り裂く刃を持った闘神は、邪神と激しい戦いを繰り広げる。

永劫にも続くかと思われた激突の末、闘神の刃は、邪神の体を八つに斬り裂き、その動きを止めた。

全ての戦いを終えた闘神は眠りにつき、混沌の海の底に沈む。

神々は、斬り裂かれた邪神の体を新たな大地とし、生命を生み出す。

木々が育ち、鳥が舞い飛び、獣たちが駆け巡り、そして人が生まれた。

だが、そんな中、予想外の事態が起こる。

邪神を倒した際、粉々に砕け散った闘神の刃――その欠片が、
長き時を経て種となり、鋼の体を持つ
新たな生命が誕生したのだ。

神々は、彼らに問うた。
「汝ら、何者なりや？」
彼らは、応えた。
「我ら、躯を切り裂きし者の果てに
生まれたるもの」
神々は、人でもなく、神でもない
新たな生命を、我軀斗――〝アクト〟
と呼んだ。

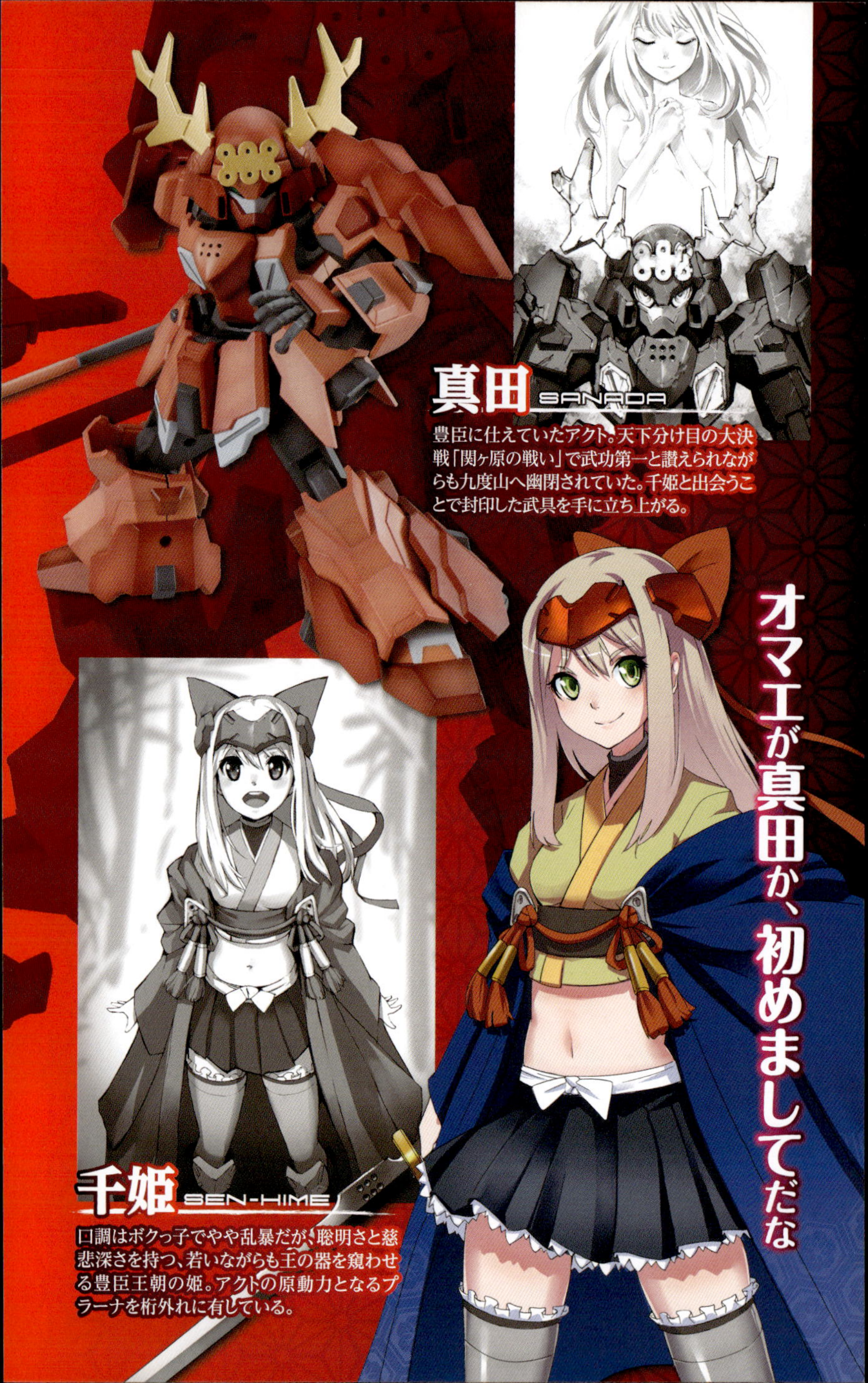
真田 SANADA
豊臣に仕えていたアクト。天下分け目の大決戦「関ヶ原の戦い」で武功第一と讃えられながらも九度山へ幽閉されていた。千姫と出会うことで封印した武具を手に立ち上がる。
オマエが真田か、初めましてだな
千姫 SEN-HIME
口調はボクっ子でやや乱暴だが、聡明さと慈悲深さを持つ、若いながらも王の器を窺わせる豊臣王朝の姫。アクトの原動力となるプラーナを桁外れに有している。

伊達 DATE

奥州王として日ノ本最北端奥羽地方を統べる仙太威城の主。二刀流の使い手で、眼帯の風貌から“独眼竜”とも呼ばれている。地上最強の力を求めて、真田と対峙する。

アーサー ARTHUR

日ノ本より西方にあるブリテン国の王。聖剣エクスカリバーを携え、その圧倒的な強さで真田、伊達の前に立ち塞がる。世界の真相を知る数少ないアクトの一人。

撮影：インタニヤ
特効：EDGE ART WORKS

「はぁぁあっ!!!」
真田の十文字槍の一閃、
それだけで、まるで空間ごと断ち切られたかのように、
三機の足軽アクトが切り裂かれる。

目次

武田 TAKEDA
風林火山を標榜とし、戦神と恐れられる戦妙手で、甲斐国を治めるアクト。
織田 ODA
日ノ本を手中に収めかけた"魔王"と呼ばれた黒きアクト。
火
山

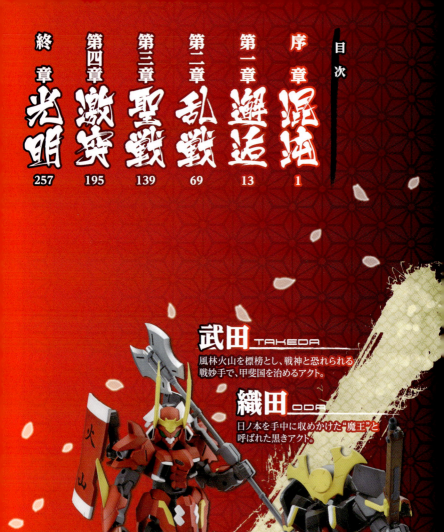

序章

大海に浮かぶ八つの島々が浮かぶ世界、オオヤシマ。

二百年前、その中の一つ日ノ本にて、戦乱が起こる。

国を治めし皇《おう》の威信は地に落ち、百を超す小国に別れ、乱世の時代となった。

戦場の主役は、槍を構えし雑兵でも、鉄砲を持った足軽でも、馬で駆ける騎馬兵でもない。

金属の体を持ち、一機が一軍に匹敵せし鋼の武者、アクトであった。

戦場の中心でぶつかり合うアクトの強さこそが、諸国の力の現れそのものと言われ、無数の果てなき戦いが繰り返される。

三十年前、一機の黒き鎧を纏いしアクトが、乱世を統一しかける。

だが都まであと一歩というところで、黒のアクトは、白のアクトとの戦いで討ち取られてしまう。

覇者を失うことにより、世の中は乱世に逆戻りするかと思われたが、金色のアクト、豊臣《とよとみ》の出現によって統一王朝が樹立され、天下の均衡が保たれる。

ようやく、民の待ち望んだ泰平の世が訪れたと、誰もが安堵した。

だが、それも長くは続かなかった。

十二年前、豊臣の家臣であったアクト、徳川が、突如として反乱を起こす。

天下は二つに別れ、東と西が激突する関ヶ原の戦いが勃発。

戦いは半年に渡り続いたものの、勝負つかず、双方痛み分けとなった。

東から不気味に侵攻を続ける徳川勢。

沈みゆく王朝として、なおも抗い続ける豊臣勢。

均衡はついに崩れ、無数の英雄豪傑たちが虎視眈々と天下を狙う、前人未到の戦国乱世の時代へと、巻き戻ってしまった。

甲斐国《かいのくに》と越後国《えちごのくに》の国境、川中島。

大河をはさみ、睨み合う両軍。

双方ともに一騎当千の武者たちを擁し、その先陣には、互いの国を治めし、アクトが立つ。

「さぁーてっと！　今日こそバシッと決めるよ、武田！」

そして、その先陣に立つアクト、武田のさらに前に立つは、一人の可憐な少女。長い黒髪に赤い着物、大きな扇子を戦扇のように構えるその姿は凛としていた。

「無論だ。長い因縁の決着、今日で着けてみせる！」

その声に応じ、剛と、強い気風を上げる武田。

少女の名は、諏訪姫《すわひめ》――甲斐国を治める武田と対をなす、〝姫〟である。

「そんなわけで上杉！　負ける気ないから、全力でかかってらっしゃいよ！」

ビシっと、諏訪姫が指差す先に立つは、越後国を治めるアクト、上杉だった。

「……………」

上杉はなにも答えない。静かに、だが昂ぶる闘気を放ち続けるのみ。

侮りはしない、蔑みもしない、戦場において相対した者に、全霊をもって対する気迫のみが、ただそこにあった。

「すでにプラーナ化も済ませて、戦う気満々ってわけか……。っていうか、上杉の〝姫〟って、どういう人なんだろ？」

「さぁてな。ウチの自慢の乱波《らっぱ》どもでも突き止められない。謎に包まれてやがる」

諏訪姫の疑問に、憤慨したような声で答える武田。

乱波《らっぱ》とは、甲斐国は誇る諜報隠密部隊——忍びの者である。

武田家の配下である彼らは、同じアクトの北条が有する風魔、西国を本拠地とする独立した勢力の甲賀衆や根来衆にも匹敵する、腕利きの者たちである。

「うそマジ？　縄手《なわて》ちゃんでも分からなかったの？」

「ああ」

驚く諏訪姫。縄手《なわて》とは、その乱波衆でも随一のくノ一である。

「越後にも、軒猿《のきざる》って連中がいるからな。だが、それを踏まえた上でも、情報統制が過ぎる……もしかしてアイツは……」

「ま、いーや」

思案する武田を遮り、諏訪姫は興味なさそうに言った。

「相手がどうであろうが、こっちのやることは変わらないよ。分からないなら分からないで、相手がメチャクチャ強い奴ってことでしょ？　そういうのを倒せるように戦う……それだけだよ」

やけっぱちになったのではない。

真っ直ぐで強い意志を宿した目を眼前の敵に向けながら、正面から挑む覚悟で諏訪姫は言う。

「ま、道理だな」

そして、そんな彼女を見て、武田は肩をすくめた。その動きに合わせ、金属の鎧がガシャリと重厚な音を響かせる。

戦とはシンプルなもの、結局は、「戦い、勝つ」それだけでしかない。

あれこれと思索を巡らせても、それが足を引っ張る結果になるのなら、腹を括って戦いの場に立つほうがずっとマシというものである。

(天性で分かっているのか、考えていないのか……)

諏訪姫の思考は、少なくとも、この状況においては最善のもの。

戦神とまで恐れられし戦妙手《いくさみょうしゅ》の武田は、そう感じた。

「さ〜てとっ……」

「ん……おい？　なにしている？」

感心しているうちに、諏訪姫は自分の二倍の高さはあるであろう武田の体をよじ登り、肩の上に立つ。

そして、背後にひしめく甲斐国の兵士たちに向き直った。

「敵は越後軍一万三千！　率いるは、音に聞こえし軍神上杉！　戦国最強と言ってもいい連中だよ！　どう、みんな！」

そして高らかに兵たちに言い放つ。

「相手は強いよぉ～？　足軽一人とっても百人力！　武将ならば一騎当千！　大将の上杉に至っちゃあ、万の軍勢でもおっつかない！　でも、安心しなさい……」

赤き鎧をまといし、甲斐国の武者たちが、たったひとりの少女に注視する。

全員の視線が、彼女の次なる言葉を待ちわびたその瞬間、諏訪姫は高らかに宣する。

「あたしたちのほうが、強い！」

凛としたよく通る声で、堂々と言い放った。

その声は、万を超す兵士たちの耳を経由して、肺腑にまで、骨の髄にまで、心の臓にまで伝わる。

「おっ………」

誰かが、声を漏らす。

「おおっ……」

まるで、巨大な堤防にヒビが入るように、少しずつ声があふれる。

「「「「おおおおおおおおおっ！！！！」」」」

そして、決壊するように、兵士たちが雄叫びを上げた。

「無敵の武田軍が来てやったんだ！　最強の敵くらい用意してくれなきゃ困るってもんよね！」

なんの根拠もない、小娘の言葉。

だが、全兵士たちの中にわずかでも芽生えていた恐怖が一瞬で高揚に塗り替えられた。

「当然だ！」

「弱いヤツらとはヤリ飽きましたぜ！」

「で、どんだけ大将首上げりゃあ、姫様にお褒めいただけるんですかい？」

「十や二十じゃ足りねぇな、百ほど取るか！」

「こりゃ参った？　一万そこらの敵じゃ、首が足りんぞ！　ガハハハ！」

ついさっきまで張り詰めた表情だった将兵たちの顔に、笑いまで生まれ始める。

「はいはいはい！　そこまでそこまで！　あんまり笑い過ぎちゃ越後国の人たちに失礼でしょ？　まじめにやりなさい♪」

ニヒヒと、イタズラっぽく笑う諏訪姫。

その様を見て、兵士たちはさらに戦意を高揚させる。

「いつも通り行くよ！　みんな、あたしについてきなさい！」

「「「「おおおっ！！！！」」」」

将兵たちの心が、一つになる。

目の前のこの姫君のために戦おうと、死の恐怖すら凌駕する戦気が立ち上がる。

「武田、肩借りた、ごめんね」

「お前は……相変わらずスゴいな……」

「なにが？」

呆れたような顔で感心する武田に、諏訪姫がキョトンとした顔で応える。

膠着する戦の場において、にらみ合いからの最初の一歩を踏み出すことは歴戦の古強者でも難しい。

緊張が筋肉を縛り、骨を固め、心を竦ませる。

それに対処すべく、凡将たちは恩賞をちらつかせ、時に恐怖で縛り、怒鳴り声によって将兵を動かすものなのだ。

それを諏訪姫は、自己のカリスマだけで成してしまった。

「人は石垣、人は城……武田軍の強さは、人の強さだ。お前はそれを十全に……否、それ以上に引き出したってことさ」

これならば、今日こそ勝てるかもしれない。

百戦錬磨のアクトたる武田に、そう感じさせるほど甲斐の軍勢は昂りの中にあった。

「石垣……城、か……ここにあのコがいたら、心強かったんだけどね」

ふと、それまで快活な笑顔を作っていた諏訪姫の表情に、陰りが生まれる。

「あのコ……。〝六文銭〟のことか？」

諏訪姫と武田の付き合いは、昨日今日のものではない。

長い付き合いだからこそ、わずかな感情の変化、わずかな言葉の端々で、武田はそれを察することができた。

「うん、ウチにはさ、いっぱい強いコたちがいるじゃん。馬場さんとか、高坂くんとか、山県くんとか内藤さんとか……、〝二十四将〟ってチーム名になっちゃうくらい」

「あれはチーム名ではないと思うが……」

人の強さこそが武田軍の強さ。

そう号するだけあって、武田の軍勢には、名将が揃っている。

「あのコがいれば、確実に二十五将なんて言われたんだろうね……ううん、それどころか……上杉や、武田にだって負けない名将になったろうにね」

戦の始まる直前、ここにいない者を自軍の総大将である武田にも負けないと口にする。それは憚られるべきことである。

「そうだな」

だが、武田は諌めない。それは事実であったから。

「あのバカ……徳川軍とやりあってヤバくなったのなら、ウチに戻ってくりゃあ良かったんだ。変なトコで生真面目なんだよ、アイツは」

「うん………助けに行ってあげたいけど、ここから九度山までは遠いしねぇ」

諏訪姫の視線が、遠き、西の方を見る。

その先にいる、この場にいてくれたなら、なにより心強かったであろう者を思うように。

「さぁ、おしゃべりの時間は終わりだ。そろそろ、始めるぞ」

「ん……？　うん、分かった」

武田に促され、諏訪姫は、その準備を始める。

人間の二倍近い大きさを誇る武田の前に立ち、静かに呼吸を整え、目を閉じる。

そして、祈るように両手を組み、精神を集中させる。

「おお、プラーナ化が始まったぞ……」

誰かが、声を漏らす。

諏訪姫の体から、青白い光が溢れだし、長い黒髪が、ふわりと、浮かび上がる。

そして、それに呼応するように、武田の体からも赤い光があふれる。

二つは呼応するように惹かれ合い、それが臨界に達した瞬間、諏訪姫の両目が開く。

「人機合一《じんきごういつ》!!」

諏訪姫が言うや、彼女の周囲に、激しい気の流れが生まれ、直後、その体は無数の光の粒子に変わる。

粒子は空を舞い、背後に立つ武田の体を包み込む。

鎧の隙間、関節の間、それらに、粒子が染みこんでいく。

そして――

「オオオオオッ！！！」

雄叫びを上げる武田。

瞬間、まるで雷が落ちたかのような豪音が轟き、大河の川面を波打たせ、大地を、大気を震わせる。

「行くぞ、諏訪姫!!」

『応ともさ!!』

古の闘神の刃の欠片より生まれし、アクト。

彼らは、凄まじい力を誇るが、それでも所詮は物理の存在。

そのままであれば、人間の兵士五十も使えば倒すことは可能。

だが、〝姫〟と呼ばれる、彼らと契約を交わした者が、その身を神気《プラーナ》に変え、一体となることで、人間であれば心の臓に相当する「神剣の欠片」を活発化させ、超常の力を引き出す、神力の武者にならしめる。

プラーナを宿しせしアクト、人それを〝プラアクト〟と言う。

「行くぞ、上杉!!」

刃を抜き放ち、大河すら両断する勢いで先陣を切る武田。

「待ちわびた……行くぞ、〝謙信〟」

『はい、上杉様』

上杉もまた、己が内にプラーナとして宿した〝姫〟に告げると、応ずるように刀を抜く。

「いざ尋常に……!!」

「勝負!!」

ぶつかり合う、武田と上杉の刀。

それはそのまま、両機の中に宿りし姫たちの意志力のぶつけあいでもあった。

『どこのどちらのどんなコかしらないけど……負けない!!』

激しく、気を放つ諏訪姫。

『上杉のためにも……〝謙信〟の名において……負けない!!』

そしてそれは、上杉の〝姫〟もまた同様だった。

両雄と両姫の激突を中心とし、五度目となる川中島の戦いの幕は、切って落とされたのであった。

第一章 邂逅

誰かを裏切ったことがありますか？

自分を信じてくれた人を、自分を大切に思ってくれた人を。

そんな人の、優しく、温かい心を、踏みにじり、この世から消し去ってしまったことは？

どれだけ悔んでも、もう戻らない。

自らの命を捨てることで、蘇らせられるのならば、躊躇なく腹をかっさばいただろう。

だが、分かっている。

そんなことをしても、戻ってこない。帰ってこない。返るはずがない。

彼女の命が、自分ごときの命と替えられるなどわけがない。

こんな、愚かな、醜い、裏切り者の命などと……。


「むっ………」

紀州九度山《くどやま》――日ノ本の王都、央坂《おおさか》より南に一致する山嶺、その一角に趣のある庵があった。こぢんまりとしているそれは「真田庵」と、訪れる者に呼ばれていた。

そこに住まいし一機のアクトが、その朝、妙に頭に粘りつく夢を見て、目覚めた。

「久しいですね……最近、夢は見なくなったんですが……」

名は真田。

先の関ヶ原の戦いで、武功第一とまで讃えられしアクトである。

その彼は今、この九度山にて、蟄居《ちっきょ》――事実上の追放を命じられていた。

敵前逃亡をしたのでもない、造反したわけでもない。

抜群の功績を上げた者が、命じられたのがこれだった。

「まだ、私は許されないんですね……」

小さな寝所の中で半身を起こし、真田は呟く。

どこか、その顔には自嘲にも似た色が浮かんでいる。

彼がこの地に追放され、もう十二年の時が経った。

アクトの寿命は、人間のそれよりも遥かに長い。

それでも、干支が一周するほどの年月は、決して短くはない。

その日々を、彼はただ無為に過ごしていた。

昨日のことを忘れるように、今のことを見ないように、そして未来など信じないように。

それでいい。

それが自分への罰なのだと。

「莉世《りよ》……私は……」

生きることも死ぬこともない、虚空の時を過ごし、いずれ枯れ果てるのがお似合いだ。

ポソリと、真田が呟こうとしたその時、突如、豪音が響いた。

「なんだ!?」

ゴン、ドン、ガンと、庵の扉を叩く音。

ただ叩いている音ではない。

拳ではなく、棒かなにか……いや違う、これは丸太の音だった。

飛び上がるようにして素早く寝床から起き上がると、なおも音が響く玄関に向かう。

「だ、誰だ……!?」

頭の中で、様々な推測がけめぐる。

野盗の襲撃か？　もしくは、自分を始末にきた徳川の者か、それとも——

瞬時に複数の予測が浮かぶ。

そのどれもがあり得るものだが、そのどれもがいまいち決め手にかける。

こうなると、直接相手を見る以外に術はない。

「何者ですか！」

扉を開き、音の発生源を確認するのと、それが声を発したのは、ほぼ同時だった。

「さーなだくん！　あーそーぼー！」

目の前に立っていたのは、少女だった。

美しい少女だった。

流れるような金色の髪に、宝石のような翠色《すいしょく》の瞳、スラリと延びた両手足には、染みの一つもありはしない。

「あ、出てきた！　おお、オマエが真田か、初めましてだな」

真田の姿を見つけるや、少女は、楽しげにニッと歯を見せて笑った。

少女の美しさは、ただの美しさではない。

高貴な者のみが持つ、気品のある美しさ……。それがまるで太陽のように眩しく思えたのは、彼女が昇って間もない朝日を背に立っていたからだけではないだろう。

「あの……どちら様でしょうか？」

そう尋ねる以外、真田は言葉を選べなかった。

こんなド田舎の山奥に住み、時代から忘れられたような自分である。彼にはこのような少女が訪れる理由が想像もつかなかった。

「ん……？　だから言っているだろ、遊ぼうと。ボクと一緒に」

「えっと……かくれんぼとかでしょうか？」

朝一番にやってきて、扉を蹴破らんばかりに叩き——今、気づいたが、少女の傍らには娘子ならば両の手で抱えなければ持ち上げられないほどの大きさの丸太が転がっている——遊べと言われても、訳が分からない。

「はっはっはっ、おもしろいこと言うなオマエは。そんなわけなかろう。天下の大将軍徳川を相手に大戦を仕掛けるのさ。どうだ、楽しいだろ」

「なっ————………!?」

顔面が強張る真田。

少女の口にした言葉は、場所が場所なら即座に捕らえられ一族郎党皆殺しにされても文句の言えないような不遜なものである。

長い戦場働きで身についた、危機察知能力がフル回転する。

(この娘はヤバい――)

ワナワナと震えながら、真田は、なんとか言葉を紡ぎだす。

「ま……」

「ま?」

なにを言おうとしているのか気になっているのだろう、少女は顔を近づけ、小首を傾げながら次の言葉を待つ。

「間に合ってます!」

それだけ言うと、真田は大慌てで扉を締めた。

急いで木戸につっかえ棒を噛ませ、さらに抉じ開けられないように、目につく家具や農具やその他諸々を積み上げ、バリケードにした。

「お~い、真田! 開けろよ、ここ!」

ドンドンと、扉を叩く少女の声。

真田はなにも答えない、じっと、音が鳴り止むまで待つ。

しばし過ぎて、諦めたのか、少女の声も、扉を叩く音も止む。

ふう、と一息吐いて、奥の部屋に引っ込もうとした――ところで、

「やぁ」

奥の部屋に少女がいた。

「ちょっ!? え、なんで!? どうやって!!」

囲炉裏の前にちょこんと座る少女は、無言で壁を指差す。

「穴――!?」

板の壁が破られ、人一人が入れそうな穴が開いていた。

そばには、先ほどの丸太が転がっている。

どれだけ丸太にこだわりのある少女なのだろうか、理解に苦しむところだった。

「初歩的な城攻めの手段だ。そんな驚くことじゃないだろ?」

楽しそうに笑う少女、まさに先ほど言ったように、真田を相手に遊んでいるようだった。

「そうか……こんなところまで、女の子が一人で来るものじゃないですからね」

「ほう?」

落ち着きを取り戻した真田の一言を聞いて、少女は興味深そうに笑う。

「考えてみれば、道理ですから」

少女が壁を破ったのは、丸太を使ってのことだろう。

入るならば入り口から――という固定観念を捨てれば、下手に扉を破るより、壁を砕いたほうが早い場合がある。

とくに攻城戦においてはそうだ。

防御の硬い正門を攻略するより、兵の少ない城壁を攻略したほうが易いことがある。

だが、少女のやったのはそれだけではなかった。

「姫、もうよろしいですか~」

扉の向こうから、別の声が聞こえる。

おそらく、少女の供の者なのだろう。

「あの騒がしい現れ方も、自分に注意をひきつけ、他の者がいることを気取らせない方策。こちらが扉を閉めたと同時に回りこみ、その間、他の者に扉を叩かせ続けた」

そうすることで、壁を破る音をごまかした。

囮と伏兵を使い、相手が油断しきった場所から攻める。

確かに、城攻めの基本である。

「これくらいしなければ、話くらいは聞いてくれなさそうだったからな。で、茶くらいは出してくれるか?」

ニヤリと、少女の顔に、それまでとは違った色の、不敵な笑みが浮かぶ。

ただのバカではない、そう感じさせるに十分なやり取り。

その後では、こちら側も、相応に遇さねばならない。

「焦がし湯くらいしかありませんが……」

焦がし湯とは、小麦や米などの穀物を炒って粉にしたものを湯に溶かした飲み物。

蟄居の身の上では、茶など贅沢品である。

「十分だ」

庶民が喫するものであるが、少女は快諾する。

「あとその前に」

「なにか?」

「壁の穴は、塞いでくれるんでしょうね」

　これだけははっきりしておきたいと、真田は言った。

「けっこう美味いな、これ」

「とりあえず、名を名乗っていただけますか?」

　すったもんだの挙句、無理やり家に入ってきて焦がし湯を飲んでいる少女に、改めて真田は問うた。

「名前……?」

　至極当たり前な質問のはずである。

　むしろ聞くのが遅すぎたくらいであろうに、少女は意外な質問をされたような顔をしている。

「あーあーあー、そーか。ボクが入城したの、オマエが蟄居処分くらった後だもんな」

「入城……?」

　少女の言葉に、真田はわずかに眉をひそめる。

「ボクの名前は〝千《せん》〟だ。いちおー、豊臣の姫をやっている」

　直後放たれた言葉に、しばし、真田の思考は止まる。

「………………」

「どうした？　腹減りか？　まぁ朝一で来たからなぁ。まだご飯食べてなかったんだろ？　悪い悪い」

楽しげに笑う〝千〟の表情に、あえて正体を隠して相手を驚かせ、会話のイニシアチブを取ろう――などという作為は感じられない。

おそらく、純粋に、名乗るのを忘れていただけなのだろう。

なにせ彼女は、日ノ本で一番有名なお姫様なのだから。

「しょ………」

困惑しながらも、真田はそれでも冷静さを取り戻そうと、理路整然とした思考を組み上げようと口を開く。しかし上手く回らない。

「証拠？　あるよ。はい、家紋入りの小刀」

ポンと投げ渡すように見せたのは、桐花紋《とうかもん》が刻まれている。

この紋の使用が許されるのは、豊臣に属する者のみである。

「他には扇子とハンカチとタブレットケースと携帯音楽プレイヤーと……あ、なんだったらあげよっか？　いっぱいあるし」

「いやいやいや、あげちゃダメでしょ、あげちゃ！」

これらの物品に描かれた家紋は、ただの持ち主の目印を意味するわけではない。

下賜《かし》――もらった者は、〝豊臣恩顧の者である〟とのお墨付きをもらうに等しい。

広い意味で言えば連帯保証人のハンコを押すような行為。それだけの権威あるものなのだ。

「いいよ別に。最近は豊臣も人気がないしね。葵の御紋が入ってたほうが喜ばれそうなご時世だしなぁ」

「いやいやいや……」

これまた返答に困る物言いに豊臣王朝下で戦った真田は額に汗をにじませる。

豊臣――その名は、日ノ本の中心たる央坂の都を制する勢力の名であると同時に、一機の伝説的な英雄アクトの名でもある。

長く続いた乱世を一度は終わらせ、〝日輪の王〟とさえ讃えられた。

しかし、豊臣は突如としてその生命を終わらせる。

晩年、長きに渡って仕えてきた部下たちや同族に苛烈な処分を下したことから、乱心の挙句に自害したとも言われているが、真相は真田も知らない。

したがって、千姫《せんひめ》は豊臣の姫という呼ばれ方をしているが、これはアクトである豊臣の契約者ということではない。

あくまで〝高貴なる者の子女〟という本来の意味での姫なのだ。

豊臣と契約を交わした〝姫〟は、真田が央坂にいた時点で、すでに表舞台を去り、何処かに隠遁したと聞いている。王である豊臣は亡く、その〝姫〟も去った現状では、姫である千姫が実質的な豊臣王朝の最高権力者だった。

(仮に……彼女と契約を交わす者が現れたとしたら、それは豊臣の跡を継いで全てを背負うということなのだろうな……)

「姫～？　壁の修理終わりましたぞ」

「ん、片桐。お疲れ」

と、そこに、それまでの間、表の壁の穴を修繕していた従者のアクトが入ってきた。

「かた……!?　片桐殿!?」

「おお、お久しぶりですな、真田殿」

その従者のアクトは、真田も面識のある相手だった。

片桐――豊臣に仕えていたアクトであり、名の知れた武将である。

「なぜ、あなたが……？」

「姫がどうしても九度山におられる貴公に会いたいと申されましてな。さすがにお一人で向かわせるわけには行かず、拙者が同行を」

「むぅ……」

家紋だけではない。

片桐ほどのアクトをこんな僻地に連れ出せる段階で、目の前の少女が豊臣の姫である事実は疑いようのない。

だが――

（豊臣の姫……徳川に圧されているとはいえ、それでも日ノ本の現政権であることはちがいない。その頂点に立つ者がなぜここに……？）

そうなると、余計に訳が分からない話になる。

「あの……千姫様……？　私にどういったご用向きでしょうか？」

真田がこの地に追放されたのは、一言で言えば、〝厄介払い〟である。

彼は、あまりにも活躍しすぎた。それこそ、和平協定の障害になるほどに。

「先の関が原での英雄を迎えに来たんだ。他に理由はないさ」

「今さら、私は央坂で必要とされていないでしょう」

関ヶ原の戦いは、公式には引き分けとなっている。

だが、実態は、アクトである豊臣と〝姫〟を欠いた豊臣軍の敗北に近い。

領土の割譲や、権限を取り上げられ、徳川に征夷大将軍の称号を許すに至った。

王朝を名乗ってはいるが、天下が乱世に逆戻りしたように、すでに豊臣の統治は央坂の近辺にしか及んでいない。

「私を央坂に戻せば、また徳川との間に波が立ちます」

「やはり恨むか、豊臣を」

その屈辱的な和平条約の一つに、関ヶ原の戦いにおいて、徳川本隊を苦しめた真田は、両陣営の融和を妨げる者として、追放するよう迫られたのだ。

本来ならば英雄として凱旋するはずだった真田が、十年以上も僻地に飛ばされたのは、徳川がそれだけ真田を恐れたということもあるが、豊臣方が自軍の英雄をかばうこともできないほど腑抜けた証でもあった。

「あの時は仕方がなかったと思います」

本来なら、真田は豊臣を憎み、恨み、徳川に寝返ってもおかしくない状況だった。

だが、真田はそれを甘受した。

あの時は自分をスケープゴートにして講和をまとめる以外に、豊臣王朝に生き残る術がなかったことを、真田自身が一番に理解していたのだ。

最初の内こそ、豊臣方になにか裏があるのでは、と疑われ、徳川方の刺客や密偵の類がうるさかったが、十数年の間に、そんな者たちすら訪れなくなった。

そのはずが、久しぶりに訪ねてきたのが姫で、しかも「央坂に戻れ」ときた。

「さっきも言っただろ。徳川と戦う。豊臣を守るために、この日ノ本を守るためにな」

千姫の顔から、先程までの笑みは消え去っていた。

口元をキッと引き締めて、目には確かな決意が見える。

「冗談でも――」

申し上げるべきではない、と言う前に、千姫がそれを阻む。

「本気だ」

「…………………」

なんと答えていいか、真田は言葉に迷った。

豊臣はすでにこの世にいないとはいえ、豊臣勢力の頂点にいる千姫が、徳川と戦うと口にすることは、日ノ本の命運を揺るがせる、大問題なのである。

「今のところ、和平条約は結ばれているが、年々政治的圧力は増している。周辺諸国は徳川に飲み込まれ、すでに央坂までのルートが確保されている。開戦は時間の問題。攻められるくらいなら、こちらから動く。そういうことだ」

千姫の話す通り、徳川が自領を着々と増やし、もしくは諸国を従属させている噂は、山奥の九度山にすら伝わっている。

というよりも、この九度山がある紀州すら、徳川になびき始めているくらいだ。

「先の関が原では、まだ西側諸国が味方に着いたから抵抗もできた。だが、此度はどうなるか分からん」

西国には、中国の覇者である毛利、九州にいる鬼の島津、瀬戸内で勢力を誇る長宗我部と、アクトの猛者たちが揃っていたが、彼らが再び味方に着いてくれる可能性は少ない。

それどころか、これを機会にと、自らが天下取りの野望を露わにするかもしれない。

「そこでオマエだ。豊臣軍を率いる総大将として、これ以上の人材はなかろう」

そこまで千姫が話したところで、真田は深いため息を吐く。

「要は、切り捨てたはずの浪人にすら、助けを求めなければならないほど、豊臣方は落ちぶれたと言うことですか」

「さ、真田殿!!　それはあまりに無礼ですぞ！」

真田の返答に、千姫よりも先に片桐が反応する。

「わざわざここまで姫様が足を運ばれて、貴公に総大将として帰参を許す……言ってはなんだが、これほどの破格な待遇はそうはありませんぞ！」

「以前、徳川の密使が来ました。四十万石で私を雇いたいそうです」

「なっ……！」

激高し、声を上げた片桐だったが、真田の言葉に、驚愕し、口を開けたまま固まる。

「ご安心を……丁重にご辞退させていただいた。ただ、悠長なことですな。千姫様」

徳川の密使が、真田に接触してきたのは、一年前のことである。

それは、徳川が豊臣王朝との戦争を前提に、その頃には動き始めていたということを意味している。

それも、自分のような忘れ去られた者のところにまで来たのだ。

全国規模の懐柔工作は、すでに終わっているといっても過言ではなかろう。

「遅過ぎなんですよ。戦とは、速さが肝要です。その点で、大きく水を空けられている」

かつて真田は、戦神と称えられた武田の配下の将であった。

その武田より教わりし戦の極意の一つ、「疾きこと風の如く」。

それは、ただ単に行軍速度や、兵の機動力という意味ではない。

戦争に至るまでのあらゆる駆け引き、謀略、調略、そういったもの全てを含めての速さが肝心なのだ。

「確かになぁ〜、ウチは徳川との時間稼ぎにばっか腐心して、それ以外はなにもしなかったからなぁ」

言外に、「それ以外なにもできなかった」と言いたげに、皮肉な顔で千姫は笑う。

「ならどうしたら良いと思う？」

「それは……こうなってしまっては、こちらから攻めるのは愚策でしょうね。都近辺の地形を利用し、大軍で攻めこまれないよう防備を固める」

「ふむふむ」

「その上で長期戦に持ち込めば、徳川の強さが絶対ではないと諸国の者たちは思い始めるでしょう。一つ二つでも大国を味方につけることができれば、情勢を変えることも可能……」

「ほうほう」

「…………」

しまった、と真田は思った。

流されるままに、千姫に知恵を貸していた。

意識してかそうでないのか分からないが、見事にノセられていることに気づく。

「すいません。帰ってください」

「なんだよぉ～、ここまで話したんだから、最後まで話せよ。ってか一緒に都に行こうよ」

「お断りします」

しつこく食い下がる千姫に、真田ははっきりと告げる。

「これを見てください」

真田は、自分の腕を、千姫に見せた。

それは、装甲を剥ぎ取り、素体だけとなったアクトの腕だった。

「私は具足を捨て、武人であることを辞めました。このまま野に埋もれるのがお似合いです」

「それなら安心しろ……片桐！」

千姫が、控えていた片桐に号令を出す。

「はっ！」

素早く立ち上がり、表にいる従者たちに命じて、なにかを運び込ませる。

いくつもの木箱が、山と積まれていく。

「これは、まさか……私の？」

「そうだ、オマエの鎧兜に武器、装備一式、全て持ってきた」

不思議なものだった。

木箱に治められ、厳重に封がしてあるのに、漏れ出る懐かしい匂いを感じる。

「これを纏え。武人を辞めるだと？　バカを言うな。オマエはまだ戦える」

確信を込めた目で、千姫は言った。

「言ったでしょう……徳川の動きは、すでに豊臣の遥か先を行っている。今さら巻き返すのは至難の業です」

「オマエ、さっきから難しい、とは言っているが、不可能ですとは言ってないよな」

「むっ……！」

鋭い娘だと、真田は思った。

「まだゼロじゃないんだろ？　勝ち目はある。勝つ手はある。ならそれを示せ！　亡き豊臣が『百万の兵を任せたい』とまで言わしめたオマエの出番なんだ！」

豊臣――それは王朝名を示すと同時に、一度は日ノ本を統一した、偉大なるアクトの名でもある。

だが、すにでその生を終えて、二十年近く経っている。

「生前、殿下にはお引き立ていただきましたが……」

真田にとっては、懐かしい相手だった。

武田や上杉など、師とも仰いだアクトは多かったが、豊臣は父にも等しい存在だった。

「それでも、お受けできません」

「なぜだ？　せめて理由を話せ」

なおも拒む真田に、千姫は詰め寄る。

「もう、変わらないでしょう……？」

「なに？」

「徳川が、豊臣が、どちらが天下を差配しようが、同じようなものです。いっそ強大な力を持つ者が力づくで乱世を終わらせれば、そのほうが、民の被害は少ない」

武人を捨て、田舎に隠遁して感じた、諦観の悟りだった。

所詮は民にとって、雲の上に誰が立っていようが、関係ない。

「オマエ……それ、本気で言っているのか？」

千姫の口調が、一瞬で、冷たく重いものになった。

「ええ、そうですよ」

できるだけ冷淡に答える。

これで自分に対して失望してくれれば幸いだ。

「この……どたわけが!!」

激高し、振り上げた千姫の拳が、真田の顔面に撃ち込まれた。

「いったぁあああっ！！！」

そして直後に悲鳴を上げる。

金属生命体であるアクトは、当たり前だが顔面も金属である。

「姫!?　姫!?　姫!!　御手がえらいことに!!」

大慌てで駆け寄る片桐。

「アクトの顔面を……女の子の拳でどうにかなる訳ないじゃないですか……」

真田は少し、いやかなり呆れた。

「せめて目とか……それでも、素手で壊すのはかなり難しいですよ?」

「うるさい!!　冷静に言うな！」

生来の生真面目さから、つい丁寧に助言してしまう真田に、千姫は涙目で怒鳴りつける。

「これが真田だと……オマエは今、なにを言ったか分かっているのか！」

千姫の涙は、ただ拳の痛みだけではなかった。

なにか、彼女の中のあふれだす感情が現れたものだった。

「オマエは……あれが再現されても良いと思っているのか……！」

ピクリと、真田の眉が動く。

「あなたは、なにを知って……」

「うるさい！　もういい!!」

再び、千姫の拳が――否、指二本で繰り出した目潰しが唸る。

アドバイス通り、今度は真田の両目を攻撃したのだ。

「いったあああっ！」

しかし、またしても叫び声をあげたのは千姫だった。

「だから素手では難しいって言ったじゃないですか」

「指が……突き指したぁ～……!!」

「姫様ァ～!?」

顔面蒼白の片桐。

高貴なる者においては、庭園の花の棘で指を切っただけでも、庭師が免職になる。

たかが指だの拳だのでも、大事件なのだ。

「ええい、もういい！　こんな男に生涯をかけて尽くしたなど……莉世姫《りよひめ》が憐れに過ぎるわ！」

「――――!!」

莉世、その名が出た途端、真田の目が見開かれる。

「あなたに……あなたに莉世のなにが分かると言うのですか！」

その名は、真田にとってもっとも敏感な部分だった。

思わず、相手が姫であろうが構わず、荒い声を上げた。

「分からんわ！　ヘタレ浪人の気持ちなど誰が分かってやるか！」

しかし、千姫も負けない、睨み返し、声を上げる。

「帰ってください！　もうあなたとお話することはない！」

「ああそうか分かった、帰るよ。帰ってやるよ、フンだ!!」

怒鳴る真田に怒鳴り返す千姫。

立ち上がると、怒りを隠すことなく、床をドカドカと踏みつけるように出口に向かう。

「待ってください！　この箱は、持って帰っていただきましょう！」

真田の指差す先には、千姫たちが持ってきた木箱――真田のかつての鎧や武器があった。

「知るか！　それはお前のものだ！　持ってくるのも大変だったのに、いちいち持って帰れるか！　自分で捨てろ！」

言い捨てると、千姫は振り返ることなく、そのまま去っていった。

「ひ、姫様!?　お待ち下さい、姫様ぁ～!?」

あわてて片桐も追いかけていく。

しばらく、彼らの足音やらなにやらが響いていたが、それもなくなり、再び、真田庵に平穏が戻る。

「まったく……なんなのですか……」

ポツリと呟く。

ふと、残された木箱の山を見る。

自分の体の一部だった、鎧に兜、愛用の武具、愛槍に、そして――

「もう、あの刀を抜くのは……」

一瞬、関ヶ原での戦いの一場面を思い出す。

真田が戦ったのは、主戦場である関ヶ原ではなく、徳川本隊の足止めを行った、羽獲汰《うえだ》城の戦いだ。

その場で、真田は向かい来る徳川の中に、異物を見た。

「なぜ彼女は、それを知っているんだ……」

再びつぶやき、今度は、部屋の奥にある神棚のように一段高く作られた棚を見る。

そこには、小さな位牌が置かれていた。

「ああ、そうだ……」

頭の中に浮かんだ戸惑いをかき消すように、いつもしている行動を取る。

湯を沸かし、煎った麦の粉を溶かしてこがし湯を作り、位牌の前に置く。

「……………」

しばらく、無言でじっと、位牌を見つめる。

思い出したのは、どうでも良いことだった。

先ほどの小やかましい姫様も、この位牌の人物のように、自分の淹れたこがし湯を、「美味しい」と言ってくれた。

「私は……」

気づけば、真田は拳を、痛いくらい強く握りしめていた。


その日の夜――真田庵からわずかに離れた場所にある、霊章寺《れいしょうじ》。

寺というものは、ただの宗教施設ではない。

時に戦となれば重要な軍事拠点となり、時には貴人をもてなす宿泊所として使われる。

そこに、千姫たち一行は宿泊していた。

「あ～～～～～～～～～、やっちゃったかなぁ！」

ゴロゴロと、用意された寝床の上を転がりながら、千姫は今朝方のことを思い出し、悩み、悔み、また悩んでいた。

「あんな言い方するつもりなかったんだよなぁ……やっぱ悪い言い方しちゃったよなぁ……謝ったほうがいいよなぁ……」

真田に会うと決めてから、いや、それ以前から彼のことには興味があった。

だからこそ、あの事実も知っていた。

徳川が、ただ強いだけのアクトであるのならば、こんな悩む必要はない。

むしろ千姫は平和裏に徳川と連合を組み、場合によっては豊臣王朝を合体させても良いと考えていた。

王であるアクト失い、衰退したとはいえ、豊臣の力が徳川と合わされば、この乱世を終わらせることも易いだろう。

だが、それはできない。

（あれと渡り合うには、唯一、あれに一矢報いることのできた真田の力が必要不可欠……なのに、なんでアイツはあんなに……）

千姫が延々と思案していると、障子の向こうに、影が映る。

「姫さま、失礼致します」

「片桐か、なんだ……ボクはいま疲れている。用なら明日聞く。下がれ」

寝っ転がったまま、千姫は無愛想に応えた。

「いえ、そうは参りません。時間がありませんので」

いつもなら、「ははぁ！」と一声上げて戻るはずの片桐が、妙な声音で食い下がる。

「姫さまには、今夜中にも南紀に移り、そちらの港から船に乗って頂きます」

「船……しかもこんな時間から？　バカを言うな」

千姫は、真田への説得を諦めたわけではない。

明日の朝一にでも、もう一度向かい、真田に会うつもりだった。

「それに、南紀から船で央坂に帰るなど……遠回りだろう。陸路のほうが早いぞ」

「いえいえ、行くのは央坂ではございません、那護屋《なごや》にて……」

障子の向こうの声に、わずかに、ほくそ笑むような色が混ざる。

「すまん、片桐。オマエがなにを言いたいのか、まったく分からん」

「それはそれは。頭の悪い姫様です」

ガチャリと、なにか金属音が響いた。

「そんなだから、あなたのお祖父様も、ご心配なされているのですよ！」

その声が上がると同時に、なにかが一閃し、障子が横一文字に切り裂かれる。

「早くあなたをここから連れ出さなきゃぁ、央坂の連中が連れ戻しにやって来るでしょ？　それまでにあなたを徳川に引き渡さないと、私が困るんですヨォ！」

そこに立っていたのは狂喜の表情で、槍を構える片桐だった。

「さぁ、手荒な真似はしたくありません。私とともに参りましょう？　あ、ご安心ください。他の供の者は……皆、殺しておきましたんで！　ゲハハハハハアッ!!」

ニタァっと、口端を歪めるその顔は、長らく頭をたれ続けてきた高慢ちきな姫君に、ようやく意趣返しができる喜びに満ち溢れていた。

「ああ、やっぱそうか」

ドン！

銃声が轟く。

「のごっ!?」

その眉間に、弾丸がブチこまれる。

「前々から怪しい奴とは思ってたがな。備えておいて正解だったよ」

千姫の手には、銃口から硝煙たなびく拳銃が握られていた。

グリップの部分には、もちろん豊臣の家紋入りである。

「お、おのれぇ～……」

ぐらりと、後ろに倒れる片桐――と思ったら。

「なぁんてね？」

「げっ!?」

身を起こし、ニタリと笑った。

「姫様ァ～？　いけませんよぉ、そんな姫様のかよわぁ～いお手々で握れるような銃で、アクトの顔面は貫けませんよ」

「しまった……」

千姫は、己の詰めの甘さを歯噛みする。

今日、真田に「狙うなら目を狙え」と言われたばかりである。

「ちっ、ならば！」

あらためて、片桐の目に照準を合わせようとするが、その前に、槍が一閃する。

「ぬっ！」

「やらせると思ったんですかぁ？」

わずかに切っ先が掠っただけで、拳銃は弾き飛ばされ、粉々に砕ける。

あれがもし当たっていたら……千姫の細腕など、肩から下がなくなっていただろう。

「さぁ……大人しくなさってください？　手足の骨を折って動けなくするのは容易いですが、それは嫌でございましょ？」

少しずつにじり寄る片桐。

それは、千姫の抵抗を警戒しているというよりも、相手に恐怖を与えるのを楽しんでいるというのが、正解なのだろう。

「そうだな……アクト相手に、生身で勝てるわきゃないか……自慢じゃないがボクはただのか弱く可愛いだけのお姫様だからな」

「ツッコみませんよ？」

諦めたように、肩をすくませる千姫。

だが、いつの間にか彼女の目に、サングラスがかかっている。

「姫様？　夜中にそんなの付けてたら動きにくいですよ」

「いやいや、すぐに外すさ。これ使った後にな」

尋ねる片桐に、答えを教えるように、なにかを放り投げた。

「なにを……」

片桐の疑問の声が言い終わるより先に、それは弾けた。

「がっ――――!!」

「奥の手のその二！　閃光弾だ！」

真昼の太陽よりもなお明るい閃光が、室内を包む。

さしものアクトでも、目は急所。

破壊できずとも、すさまじい光量を浴びせれば、一時的に機能しなくなる。

「お、おのれぇ！　バカ姫が！」

「オマエがボクを、どう思ってたか、よく分かったよ！」

光除けのサングラスを投げ捨て、千姫は一目散に部屋を飛び出した。

「うっ………！」

出てすぐに、廊下のあちこちから死臭が、血の臭いとともに漂っているのが分かった。

一人二人のものではない。

連れてきた供の者ばかりではない。

寺の人間も、小坊主に至るまで全員が殺されていた。

「ちっ……」

こうなると、求められる助けのアテは限られる。

「めっちゃくちゃイヤな顔されるだろうなぁ……」

一言漏らし、千姫は夜の山道を走りだした。

真田庵――すでに日も暮れ、いつもなら床に就ついている時間にも関わらず、真田は黙々と、紐を編んでいた。

元は武具などをまとめる際に編んでた組紐なのだが、頑丈で色合いもキレイで、これが良い値で売れる。

たまに来る行商人に渡しては、生活の足しにしているのだ。

「う～ん……網目がイマイチですね」

黙々となにも考えずに手先だけを動かしていると心が落ち着くので、精神修養も兼ねて編んでいるのだが、今日は出来の悪い紐ばかりになってしまった。

「やっぱり……あの姫様と会ったからですかねぇ……」

戦場に戻れ、オマエの力が必要だと言われ、わずかに心に高揚があった。

やはり自分はの骨の髄まで武人なのだと思った。

だが、心の奥底にある恐れが、後悔が、それを押し留めた。

「もう、あんな想いは……」

目を細め、俯こうとしたところで、突如、戸を誰かが叩いた。

ドドドドドドドドドンと、頭の悪い祭り囃子のようなリズム。

「だ、誰ですか!?」

言ったものの、相手が誰かは想像がついていた。

「さなだくーん！　助けて！　マジ助けて！」

今朝方に現れた、あのお姫様の声だった。

「あのねぇ……」

頭を抱えながら、仕方なく戸を開ける。

「夜討ち朝駆けは基本とはいえ、常識をもう少し………」

言いかけて、真田は言葉を止める。

「あ、あの……もう少し、慎みを持ったほうが良いと思うんですが……」

対応に困るというように、目をそらす。

「ああん？　なに言ってんだ、オマエ」

気づいていない千姫。

「いえ、ですから……」

彼女の格好は、朝方の着物姿ではなく、薄着の肌襦袢一つ。

露出度はそれほど高くないのだが、それでも布が薄いので、ボディラインなどは分かってしまう。

「ああ、これか……寝る前にちょっと考えごとをしていたもんだから……じゃなくて、今そんなこと言っている場合じゃない！」

「色仕掛けとかそういう方法に頼るのは関心しないですよ！　もっとご自分を大切に……」

「違うわバカー！　そんなゆーちょーなことをゆーとる場合ではないんだ！」

ズレたリアクションをかます真田を、千姫は怒鳴りつける。

「そうじゃなくて、助けて──」

千姫が言いかけたところで、それよりも早く、真田は彼女の体を抱きかかえ、その場に伏せた。

「なっ――!?」

困惑する千姫だったが、その理由を、一瞬……否、その半分の時間で理解する。

ドンッ!!

さっきまで真田の頭があった空間に、槍がかすめて行った。

「なんだと!?」

あわてて顔を上げると、闇夜の中に、槍を構えた片桐が立っていた。

「あらら～……残念。真田殿ォ? 蟄居生活が長かった割には、ナマってませんね、アナタ」

ポンポンと、槍で肩を叩きながら、酷薄な笑顔を浮かべている。

「これはいったいどういう………」

しばし、真田が口を止める。

「なるほど、片桐殿。あなたは徳川に寝返ったと」

「話が早い男ですねェ、アナタ」

寝巻き姿で助けを求めてきた千姫。

その千姫に当たりかねない攻撃をしかけてきた片桐。

それだけ揃えば、真田の洞察力ならば状況を把握するには十分だった。

「大人しくその姫様を私に渡しなさぁ～い? そうすればあなたの命は………」

そこまで言って、片桐はムフフと不気味な笑みを浮かべる。

「アナタの首も持っていけば……徳川サマはもっとご褒美くださいますかねェ」

ニタァ～と、人ならば舌なめずりをするような顔になる。

「どうだ真田、あんなヤツを前にしてたら、もうあれやこれや言ってる場合じゃなかろう。だまってボクを助けよう、そうしよう?」

「よくもまぁ厄介事を持ち込んどいてそんな口叩けますね……」

呆れかけた真田であったが、千姫の足元を見て、考えを変える。

彼女は裸足だった。

無理もない。休む直前に襲われたのだ。丁寧に靴を履いている余裕などなかったのだろう。

たった一人で、暗闇の山道を、自分を殺そうとする鋼の巨人に追われながら、必死で自分の下に助けを求めてきたのだ。

真田の腕を掴んでいる手は、小さく震えている。

「ホントに……。不本意なんですよ……私は……」

武人だからとか、そういう理屈ではなく、今ここで戦わなければ、最後の最後に残されたなにかが、折れてしまいそうな気がした。

「後ろに下がっていてください……私が、相手をします!」

十二年の間、ひたすら己を殺し続けてきた真田は、自ら戦う道を選んだ。

「ほっはぁ～……マジでおやりになるんですか?　真田殿?　私と?　正気?」

交戦の意思を見せた真田に、片桐は嘲りの笑いを向ける。

「この私に……落ちぶれ浪人が勝てるとお思いでェ?」

言うやいなや、高速の刺突連撃を放つ。

「ぐっ……!!」

とっさに腕を十字に組み、防御する真田。

しかし、装甲も纏っていない素体の体では、その攻撃を防ぎ切ることはできない。

「賤ヶ岳の七本槍、その一機である私も、舐められたもんです」

七本槍――かつて豊臣が、当時最大の敵対勢力であったアクト、柴田と戦った際、とくに戦功著しいと言われたベスト7のことである。

「片桐! お前もアクトならば、そんな卑怯な真似をするな!」

勝ち誇る片桐に、千姫が怒鳴る。

「具足も纏わず、武器も持ってない相手に勝ち誇り、なにが七本槍だ! 笑わせるな!」

完全武装の片桐相手に、いかな知られた武人といえども、無手で勝つのは至難である。

「おやおや、なるほど……確かにその通りですねぇ～」

「ぬっ……?」

てっきり、弱者をいたぶり愉悦を楽しんでいたかと思われた片桐が、意外な反応を見せる。

「たしかにそれはアクトの道に反する行い。大変失礼いたしました真田殿。ささ、待っていますから、鎧なり兜なり、刀なり槍なり、お好きにご用意ください。ええ、ええ」

ニコニコと、朗らかな笑顔さえ浮かべ、言い放つ。

「なにを考えているのだ……？」

アクトらしく、正々堂々だとか、そんなものではなかった。

「まぁいい……真田！　早く武器を取りに行け！　庵の中に、お前の武具一式用意してやったろ！」

千姫は叫ぶ。しかし、真田は動かない。

じっと、苦痛に耐えるように、膝を突いている。

「あはははははっ!!　姫君ィ？　酷なことをおっしゃいますな貴方様は！　真田が、今さら、具足を纏って戦いの場に出られるわきゃあないでございましょう？」

「どういうことだ！」

あざ笑う片桐に、千姫は問いただす。

「その男はね、先の戦いで、自ら装甲をもぎ、武器を捨てたんです。アクトにとって武具とは体の一部！　ちぎり取った腕を、もう一度くっつけたからって動かんでしょう？　それと同じことです」

真田は、関ヶ原の戦いの後、二度と戦わぬことを誓う意味も込めて、自ら武具を捨てた。

〝外した〟のではない。〝捨てた〟のだ。

一度捨てたものは、もう二度と取り戻せない。

「それでも再装備する方法はあるんですよォ？　契約している〝姫〟に、もう一度プラーナを注ぎ込んでもらえればね？　でも……でもでもでもォ～………」

「くっ………」

嘲る片桐に、真田は口惜しげに呻く。

「真田殿と契約していた姫君は、お亡くなりになっちゃいましたからねぇ。なんでしたっけ？

莉世姫サンでしたっけ？」

莉世――かつて真田が契約を交わし、ともに戦場に立った〝姫〟の名前である。

「まったく情けない話です！　自分の〝姫〟を守り切れないなんて、アクト失格です。なにが戦の申し子ですか！　おかしくって、おへそでお茶が沸いちゃいますよォ～」

先の戦いで、真田は獅子奮迅の活躍をした。

しかし、その戦いの激しさの中、パートナーである莉世は、力の全てを使い切り、消滅してしまった。

真田にとって、それは自分の半身を失うに等しい苦痛。

彼が、戦いを捨てた最大の理由でもあった。

「そんなことは……分かっていますよ……私が、最低最悪のアクトだってね……」

ユラリと、真田は立ち上がる。

「莉世は私を信じてくれました。私に、存在の全てを託してくれるほど……なのに私は、彼女を守り切れなかった。それどころか、自分だけおめおめと生き残ってしまった」

自分に、生を謳歌する資格などない。

生ける屍のように、全てを捨て、枯れていくことこそが、せめてもの償い。

「だから……千姫様、早く逃げてください……時間は稼ぎますが、勝つことはできそうにないので」

砕け散り、鉄くずに変わるまでの時間稼ぎ。

最初から勝つつもりもない。それが、真田の考えだった。

「真摯なことですね……死した莉世姫サンもお喜びでございましょ？　ただね、私もあなたごときに無駄な時間を使いたくないんでェ～……サクッと片しますヨォ～ン！！」

再び槍を構える片桐。

死を覚悟した真田は、せめて一刻でも粘れるよう、自分の全てを盾にして挑む姿勢を取る。

「さぁっ!!」

片桐の槍がうなる――直前、千姫があらん限りの声で叫んだ。

「このばっかやろうがあああああああっ！！！」

「――――!!」

「――――!?」

それは、真田どころか、片桐の動きすら止めるほどの、〝強さ〟を持っていた。

「このクソバカ真田！　オマエは、女心の欠片も分からないのか!!」

「なっ……!?」

怒鳴りつける千姫。

「オマエを信じて、命の全部を託して、それこそ死ぬまで貫き通した女が、そんなこと願う訳ないだろが、ボケ！」

「あなたに……なにが分かる……！」

「分かるわ！　こちとら女だ！」

抗弁する真田だったが、千姫の迫力の前に、理屈抜きに黙らされる。

「なぜ思わない？　自らが生き延びたことこそが、莉世の意志だと！　オマエを生かしたいと！　オマエの果たすべきことを果たして欲しいと願ったからだと！」

千姫は、九度山に来るまでに、真田の情報は調べ尽くした。

その中に、莉世の名も見つけた。

迫り来る徳川軍を倒すため、自己の命まで力に変えて真田に託した〝姫〟。

「オマエがそこまで信じた女が、最後の最後までオマエの力になろうとした女が、オマエが腐って死ぬのを望むわきゃねーだろが！」

それを知ったからこそ、千姫は、戦いを捨て、生きることを半ば放棄した真田に憤ったのだ。

これだけ誇り高き姫に思われておきながら、なんたる不甲斐なさかと。

「そんな……ことは……思えない……だって、私は……」

「ならば聞くぞ！　仮にオマエが逆の立場だったらどうした？　同じようにしたんじゃないのか！　自分の命を捨ててでも、生き残ってくれと、思ったんじゃないのか！」

「それは――」

「そんなヤツだから託したんだろ、自分の全部を！　オマエが悪いわけじゃない。単に莉世姫のほうが、オマエよりちょっとだけ早く行動に移しただけだ。そして、生き残ったのなら……！」

怒鳴り合うように言葉をぶつけあう真田と千姫。

「ああもう、やかましいんですよ、あなた方!!」

そんな両者のやり取りに業を煮やしたのか、片桐が槍を構え、突撃してくる。

「お死になさいなぁー！！！」

槍の切っ先が、真田の目前に迫る。

「ぐっ！！！」

だが、その槍が、寸前で止まった。

「生き残ったのなら、最後まで生き尽くせ！　死した者のことを想うならば、その者の命の分まで、己が価値を示せ！」

千姫が、真田の前に仁王立ちをし、自己の体を盾として、片桐の動きを止めた。

「はっ！　思った通りだ。オマエはボクを、生かしたまま徳川に連れ帰らなきゃならないからなぁ。ボクが盾になれば、殺せまい！」

全身から汗を吹き出しながら、なおも憎まれ口を叩く千姫。

「な、なんという愚かな……!!」

半ば言葉を失う片桐。

彼の槍は、あともう少し止めるのが遅ければ、少女の胸を刺し貫いていただろう。

事実、わずかに制止が間に合わなかったか、胸の谷間に切っ先が当たり、血が滲んでいる。

「真田！　オマエがもう一度戦うためには、〝姫〟と契約し、プラーナを供給されれば良いんだったよな？」

「え、ええ……」

真田は、自分が都に連れ帰られたら、新たな〝姫〟と契約を交わされるものと思っていた。

それが、莉世への裏切りになるように感じて、だからこそ、応じることができなかった。

「ならボクがなってやる！　よろしくぅ!!」

しかし、千姫の提案は、その予想を大きく上回るものだった。

「なっ、なに言ってんですか、あなたは!?」

「はぁ？　ここに姫は私しかいないだろ！　言っちゃなんだが、けっこう上玉じゃないか？」

「いやいやいやいやいや………！」

豊臣の姫、天下でも一、二を争うであろう高貴なる者。

確かに彼女の言うとおり、姫というカテゴリーの中で、彼女を上回る者はそうはいない。

「そ、そんなことはさせませんよぉ！！！」

焦る片桐。彼もまた、千姫がそんな行動に出るとは思ってもいなかった。

だからこその余裕であり、勝利を確信していたのだ。

それが、真田と再契約を交わせば、前提条件は大きくグラつく。

「ふん！　今さら遅い！　もう決めた！　行くぞ真田ァ!!」

高らかに叫ぶ千姫。だったが――

「で、えっと……どうすりゃ良いんだ……？」

決めたは良いが、どうすれば良いか分からなかった。

「「アホか、あんたわあああああっ!!」」

奇しくも、真田と片桐のセリフが被った。

「そんな怒るなよオマエら!?　知らないんだからしょーがないじゃん！　ボクは今まで契約とかそういうのしたことないんだぞ！　生娘みたいなもんなんだからこういうときは男性が優しくリードをだな……」

しどろもどろと、良く分からない言い訳をする千姫。

「ん……!?」

その時、突如として、夜の闇を斬り裂く、強い光が生まれる。

「なんだ……あれは……？」

それは真田庵の中から、溢れ出ていた。

室内の奥に置かれた、一つの位牌。

「莉世……？」

その光を見て、真田が呆然と呟く。

「そうか………!!」

その呟きを聞いて、千姫は走りだした。

なぜとか、どうしてとか、そんなのは分からない。

理屈抜きに、感覚で……否、心で理解した。

あれは自分を呼んでいる、と。

「行かせるか！」

そして、事態の変化に気づいた片桐、槍を繰り出し、千姫を止めようとする。

「させません！」

しかし、その槍を、真田が抑えこむ。

「無手とはいえ、真田にも組手格闘術はある！」

脇に槍を挟み込み、全力で留める。

「くうう！　邪魔をするなぁ！」

片桐の叫びを背中に聞きながら、千姫は庵の中に入り、光を放つ位牌を手にした。

誰の名も書かれていないが、千姫には分かった。

これは、莉世だと。

「くっ……!!」

光が、千姫の体を包み込む。

激しく強い。だが、優しく、温かい。

その光が、体の中に染みこんでいく。

「そうか……」

そして同時に、急速に、光の主の想いを理解していく。

「…………………!!」

言葉に変換されて、耳や目から入り、脳が理解するというプロセスをすっ飛ばし、直接、思考を共有するような感覚。

位牌の中に眠る、莉世の想いの全てを、千姫は受け取った。

「分かった……あのボンクラの面倒は、ボクに任せておけ！」

決意を込めて、光に向けて応える。

「時よりもなお古き、遙かなる昔日！」

朗々と、千姫はなにかを叫ぶ。

「蠢くは闇！　斬り裂きしは闘神!!」

その声に呼応するように、庵の中に積まれた武具を収めた箱が、光を放ち始める。

「其は神剣が末！　我は元を素にして、汝と一つにならん！」

千姫が唱えしは、アクトと〝姫〟の、契約の詞。

己が全てを託すという、宣誓の呪言。

「我は汝！　汝は我！　ともに、戦陣の先を歩まん！」

両の手を合わせ、千姫は最後の詞を叫ぶ。

「人機合一《じんきごういつ》！」

ドンッと、ひときわ激しい、真夜中を真昼に変えるほどの光が生まれる。

その光が、真田に迫る。

「…………!!」

あとは、真田が受け入れるのみ。

しかし、真田はなおも、躊躇していた。

これを受け入れることが、どうしても、莉世に申し訳ないと、思わずにいられなかった。

『良いですよ……真田』

「……!?」

そんな真田の耳に……否、心に、誰かが語りかける。

『十二年……あなたが留まり続けたのは、きっとあなたが、あのコに会うためだったんですよ。だから……!』

それは、莉世の声だった。

『もう一度立ち上がってください。わたしが、一番格好良いと思う、あなたの姿で』

死してなお、遺骸すら消え果ててなおこの世に残り続けた、〝姫〟の声だった。

真田の全身が震える。

信じてくれた者の想いに、命を賭けて信じ尽くしてくれた者に応えるのは、今。

己を裏切り者と責め続ける日々を終わらせるのは、今しかない。

「応!!!!」

全霊の声を上げて、真田は叫ぶ。

新たなる姫との、契約の言葉を。

「くうっ！！！？？」

瞬間、光は最大にまで膨れ上がり、片桐を吹き飛ばす。

高濃度に圧縮された力の波が、四方に弾けるように、強大な波が生まれる。

波は砂塵を巻き上げ、まるでなにかの爆発が起こったように、もうもうと、煙を作る。

「ば、バカな……」

愕然と、その様を見る片桐。

一陣の風が舞い、煙を切る。

そこに立つのは、炎のように赤い紅蓮の具足をまとった、雄々しき武者。

プラアクト真田だった。

『お……？　おおぅ!?　なんだこれはぁ!!』

驚きの声をあげる千姫。

「なんだもなにも……あなたが私と合一《ごういつ》したんじゃないですか」

『あ、いや、分かってる……分かってはいるんだが……こういう感覚なんだな……』

プラーナ化することで、アクトと心身ともに一つとなるのが、プラアクトである。

この時、千姫の五感は、真田と一体になっていた。

『なんとゆーか、そのなんとゆーか……思ったよりも、心地良いというか、なんというか……』

しどろもどろと、それまでの威風堂々とした口調ではなく、なにかくすぐったそうな口ぶりになっている。

『まるで、抱きしめられているみたいな感じだな……』

そして、ポツリと呟いた。

「はい？」

己の脳内で響いているとはいえ、あまりに小声すぎて聞き取れず、問い直す真田。

『な、なんでもない！　どーでもいい！　目の前の敵に集中しろ！』

慌てて、話をはぐらかす。

「は、はぁ……？　まぁその通りですね」

真田の目の前には、立ち尽くす片桐の姿があった。

「なんてことですか……」

豊臣王朝の頂点にある姫と、その切り札でもある真田の首を手に徳川に下る。

それが片桐の計画だった。

ただの無力な小娘と、〝姫〟を失ったアクトなど敵ではない。

「真田と合一《ごういつ》するとは……バカ姫がァッ!!」

であるにも関わらず、小娘が〝姫〟となって真田に力を与えた。

事ここに至り、計画が完璧に狂わされ、錯乱にも近い域にあった。

「片桐殿、先ほどの私の言、撤回させていただく」

そんな片桐に、真田は、静かな声で告げる。

「勝つ気などないとか、命を捨てて時間稼ぎをするつもりだとか……やはり、そんな後ろ向きな戯言は、私の性に合わない」

手に持った、朱塗りの柄の十文字槍を構える。

「勝って、生き抜かせていただく……！　こんな私を、立ち上がらせてくれた二人のためにも！」

「ぐっ……!?」

真田の眼光に、片桐は思わず一歩後ずさってしまった。

(こ、これが真田……!?)

あまりにも凄まじき闘気に、もはや片桐の顔には笑みを浮かべることは叶わなかった。

「良いでしょう……ならば私も武人の端くれ……正々堂々……いざ尋常に勝負と――」

槍を構え、武人として復活した真田に対しようとする片桐だったが、その口端にわずかに邪な笑みが浮かぶ。

「言うと思ったかよ、バカが!!」

その声を合図としたのか、林の中から複数の足軽アクトが現れる。

『どっから現れた、こいつら!?』

「おそらく……先んじて配置していたのでしょう」

戦いにおいて、もっとも的確な方法は、「包囲殲滅」である。

数を頼みに相手を包み込み、四方八方より攻撃をかけ、反撃も許さず駆逐する。

「一騎打ちだなんてそんな時代錯誤な真似するわけないでしょう。お馬鹿さァン！」

わずかに芽生えた真田への恐怖を、数の利を持って埋め合わせたかのように、得意気に笑う片桐。

『おいおいおい、どうすんだ真田!?』

「大丈夫ですよ……」

脳内で喚きまくる千姫を、真田はまずは落ち着かせる。

現れた足軽アクト、その数、六機。

それぞれが槍や刀を手にし、じわりじわりと迫ってくる。

「片桐殿……兵法において、もっとも大切なことはなんだと思います？」

敵意も、害意もない。嫌味すら含まず、ただ静かに問いかける。

「決まっているでしょう……勝つことですよ！　どんな手を使ってもね！」

「正解です」

戦争は、武道家の果たし合いではない。

自軍の損害を最小にし、敵軍の損害を最大にする。

そのためなら、使える手段はなんでも使う。片桐はなにも間違っていない。

それが、真田の嘘偽りない本音だった。

「ただ、あなたは一つ忘れている。なによりも大切な、兵法の基礎中の基礎を」

「うるさい！　さっさとそいつを殺せ！！！」

片桐の号令一下、足軽アクトたちが一斉に襲いかかる。

だが——

「はあああっ！！！」

真田の十文字槍の一閃、それだけで、まるで空間ごと断ち切られたかのように、三機の足軽アクトが切り裂かれる。

「なっ——!?」

驚きの声を上げる片桐だが、まだ終らない。

さらに縦に打ち下ろされる一撃で一機。

素早く槍を上げ、放たれる刺突でもう一機。

引き抜くと同時に、背後から迫る足軽に、石突をもって打ち貫いて一機。

一瞬で六機の足軽アクトが倒された。

「あなたは……彼我戦力の把握を、忘れている」

静かな声で、真田は告げる。

敵を知り、己を知らば百戦危うからず——兵法の第一に記された言葉である。

敵がどれだけの力を持つか、己がそれに対抗できるか、よく把握せよということ。

『つ、強い……？』

呆然とした声を上げる千姫。

片桐も、千姫も、分かっていなかった。

たかが足軽の六機程度に襲いかからせたくらいでは、真田には勝てない――ということに。

「ふ、ふ、ふざけんじゃねぇ!!」

それでもなお、片桐は挑む。

勇猛さでも、アクトとしての矜持からでもない。

すでに豊臣に裏切りを宣言した以上、徳川に逃れる以外に術はない。

そのためには、千姫を手土産にする。それ以外に、彼に生きる術はない。

追い詰められた獣の、牙を剥くがごときの槍の連撃が繰り出される。

「突き突き突き突き突き突き突き突き突き突き突き突き突き突き突き突き突きぃぃいいいいいいっ!!」

奇声を上げ、視界いっぱいに槍が増殖したかのような高速連撃が放たれる。

「かぁッ!!!」

だが、真田は逃げない。

躱すどころか、防ぎもしない。

その連撃を、正面から、同じく高速の刺突を繰り出し迎撃する。

「なにいいいいっ!?」

鳴り響く、金属同士がぶつかり合う激音。

パァンッと、なにがか破裂したような音を最後に、両者の槍が弾かれる。

『す、すごい……これが真田の槍使い……？　片桐と互角……？』

五感を共有し、その瞬間を目の当たりにした千姫は、ただひたすら驚く。

百を超すほど繰り出された刺突撃の全てを、真田は全て見切った上で撃ち返したのだ。

（互角……違う……真田は後から出して、私の突きに追いついた……）

槍使いだからこそ、片桐は分かった。

真田の槍は、自分の槍よりも、鋭く、重く、なにより速い。

「鈍ったのは、私ではなく、あなたのようですね、片桐殿」

嘲《あざけ》るでもなく、罵《ののし》るでもなく、ただありのままの事実を告げるように真田は言う。

「ふ、ふざけんな……俺は賤ヶ岳の七本槍だぞ……お前なんかに……」

動揺し、震える片桐。

口では抗うが、体も、心も、一度の交錯で敗北を認めてしまっていた。

「お前なんかに、お前なんぞにぃいいい!!」

冷静さを失い、技ではなく、力任せに殴りかかるように、槍を振りかぶって襲いかかる。

「片桐殿……せめて、我が全力の槍さばきを持って終わらせましょう!!」

向かい来る片桐に応じ、真田は槍の構え方を変える。

槍の長さを全開に活かし、突くというよりも、まるで投擲のような構え。

自分の体の全てを、弩にしたような構え。

「突ッ！！！」

全身全霊の力を込めた一撃が、砲火の発射音にも似た音を立てて撃ち放たれる。

「ごっ――――!?」

その一撃を喰らい、片桐は吹き飛ばされ――なかった。

相手の体を吹き飛ばすような、無駄な力は加えない。

全身の動きを一点に集約し、高密度に放たれた刺突撃は、その力の一切を無駄にすることなく、片桐の体を撃ち貫いた。

「お、俺の……腹が……ねぇえええええっ!!!」

きれいに円形をもって穿たれた、片桐の胴体。

大きく開いた穴からは、向こう側が見える。

「俺が……この俺が……こんなところで………!」

圧倒的な力を前に、最後まで己の敗北も、死すら受け入れられず、そのまま仰向けに倒れ、片桐は事切れた。

『す、すごい……オマエ……すごいじゃないか!!』

真田の内で、喜びの声を上げる千姫だったが、当の真田は、複雑な表情をしていた。

(これは……なんだ……この力は……)

プラアクトとなることで、アクトの力は爆発的に上昇する。

しかし、千姫との合一《ごういつ》は、桁が違った。

契約の詞も知らず、〝姫〟としての教育を受けていなかったはずの少女が、ここまでの力を発揮できるものだろうか。

凡百の〝姫〟など、足元にも及ばない。

先の自分の〝姫〟であった莉世姫でさえ、ここまでの力はなかった。

(このコはいったい、何者なんだ……？)

豊臣の姫君という巨大な枠にさえ収まらない、色々な意味で凄まじい姫との出会いに真田はただただ、うろたえていた。

『おい、アレ……なんだ!?』

喜び騒いでいた千姫の声が強張る。

「あれは……？」

見ると、倒したはずの片桐の体が、蠢いている。

動いている——のではない。

死したはずの体の内側で、なにかが脈打っている。

ゴボッ!!

突然、詰まったパイプから汚水が溢れ出すように、ヘドロのようななにかが、片桐だったものから外へ飛び出す。

「これは……なんだ……まるで……！？」

その、ヘドロのようなものは、しばらく、耳障りな「キィキィ」という音を立てたかと思うと、長く外気に触れられないのか、溶けるようにしぼみ、消えた。

『片桐……そうか、こいつも、あれに感染していたのか』

口惜しげに呟く千姫。

それは、真田にとって見覚えのあるものだった。

十二年前の関ヶ原の戦い。

あの時、羽獲汰《うえだ》城の戦いで、徳川軍の中に、これと同じものを見た。

〝姫〟と合一《ごういつ》していないはずの片桐が高い戦闘力を示したのは、おそらくこれのせいだろう。

『分かっただろう、真田……徳川が、ただ強いだけならば、ボクはなにも言わない……だが、そうじゃないんだ。こんなものに、この天下を支配させちゃいけない。そうだろう』

千姫の声には、悲痛なまでの悲壮さが、にじみ出ていた。

第二章

乱戦

奥羽《おうう》――それは、日ノ本の国の、最北端。

古の時代は異民族に支配され、多くの激戦が繰り広げられた土地である。

近代でも数多の豪族たちが覇を競い争い、百年戦争の様相を呈していたが、ある日、一匹の「竜」が現れる。

「豊臣が、真田を動かそうとしている、だってぇ～？」

陸奥国《むつのくに》、仙太威《せんだい》城。

この地に、〝独眼竜〟と呼ばれしアクトがいた。

「ハハッ！　こりゃおもしれぇ。徳川の世が来るのは、しばらく後かも知れねぇぜ!!」

快活に声を上げるこのアクトこそが、〝奥州王《おうしゅうおう》〟を称せし、アクト伊達であった。

「真田って、そんなにすごいんですの？」

伊達に問いかけたのは、伊達の〝姫〟、愛姫《めごひめ》であった。

「武田や上杉、佐竹に蒲生……強いアクトはいっぱいるじゃありませんの？　今さらそんな十年も棄てられていたような輩が……」

「バーキャロイ！」

見くびる愛姫に、伊達は怒鳴りつける。

「他のヤツらも強いっちゃ強えぇ……だがな、真田は特別なんだよ」

「特別……？」

戦神や軍神と呼ばれる武田、上杉をどけてなお、特別扱いするに足る理由が分からず、愛姫は再び問うた。

「真田にゃあ……ムラマサがある」

ニタリと、伊達は笑った。

「あのひと振りが、天下を動かす………」

伊達は、先の関ヶ原において徳川に属していたものの、東部の戦線で戦っていたため、真田と直接対決したことはない。

それでも、彼の優秀な手駒である密偵集団、黒脛巾組《くろはばきぐみ》によって、情報は伝わっている。

「よく分かりませんわね。要は、凄まじい力を持つ刀、ということ？」

愛姫に理解できたのは、それくらいだった。

「ま〜、そーだな」

「では……その凄まじい力を持つ刀を、ただでさえ凄まじい強さのアナタが持てば……？」

「そりゃオメェ……」

しばし、伊達は考える。

縁側の向こうに見える、広く、青く、高い、仙太威の空を眺める。

「そりゃオメェ……オレ様、地上最強になっちまうなぁ」

三千世界に群がる敵の全てを下したその果てに、雄々しく立つ己の姿を思い描いた伊達は、不敵な笑みを浮かべる。

「では、決まりでしょう。ワタクシたちの野望を叶えるためにも」

「ンだなぁ………」

誰よりも強くなれる——それだけで、この伊達を動かすには、十分な話だった。

それは、千姫が真田の元を訪れる、ひと月前の話だった。

そして現在——

「さぁて参ったな、オイ」

「どうしたもんでしょうか、ねぇ」

片桐との戦いの後、諸々の後始末を終え、央坂への旅路についた千姫と真田だったが、揃って頭を悩ませていた。

「どこだー!?」

「あっちだー!」

茂みの向こう側から、役人たちの喧騒が聞こえてくる。

「ったく、片桐のヤツ、細かい嫌がらせを残して行きやがって!」

千姫を捕らえようとした際、従者たちだけでなく、寺の僧侶まで殺害した片桐。

彼は事前に、二人がいる紀州《きしゅう》の役所に「罪人がいる」と届けを出していた。

その結果、霊章寺の一件の下手人として真田たちが追われることになってしまったのだ。

「ボクの身分を明かして、片桐の犯行だって言えばなんとかなるかな……」

「いや、それはまずいでしょう。あなたはここにお忍びで来ているのですから」

千姫の提案を、真田はやんわりと否定する。

紀州は、表向きは豊臣側であるが、正確には中立勢力である。

「国主であるアクトの浅野殿はともかく、臣下の中に徳川と繋がっている者がいないとも限りません。下手に身分を明かせば……」

「片桐の時の二の舞いか……」

千姫が安全を保証されるエリアは、実質、央坂の勢力圏内のみ。

ここからは、まだ遥か遠くの山の向こうなのだ。

「いっそ、国境を強行突破するのは？」

「それも現実的ではないです。兵士の数も少なくはないでしょうし、あなたを守りきれる自信がありません」

次の案も、真田は否定する。

真田だけならば、強行突破は可能。

だが、戦闘経験もなく、体力的にも常人と変わらない千姫を連れては厳しい。

プラアクトとなる人機合一《じんきごういつ》の状態は、そう長い時間は維持できない。

それが解けた瞬間に襲いかかられればアウトである。

「む～ん……困ったなこりゃ。だいたいなぁ？　オマエのその鎧が真っ赤で目立ち過ぎるんだよ。もうちょい迷彩効果を加味しろ」

追われている間も、役人たちから「あの赤いアクトを追えー」と、叫ばれた。

「兄にも同じことを言われたことがありますが……これにも意味はあるんですよ」

戦場において、大将というのは兵士たちの手本とならなければならない。

それが、己の命欲しさに隠れ潜んでいれば、全軍の士気に関わる。

真田にとって師にも等しいアクト、武田も同じく赤き鎧を纏っていた。

「あれ、オマエ、兄弟いるんだ？」

「そっち食いつきますか」

アクトの核は、古に在ったという闘神の刃の欠片が元となっている。

足軽アクトのような雑兵は、核も小さくて砂粒程度のものであるが、真田や武田といった、名のあるアクトは拳大の大きさを誇る。

しかし、欠片が大きすぎる場合、それが分裂し、それぞれが生命を宿す。

そういった場合、同じ欠片を持つ者として、人間と同様、兄弟や親子となるのだ。

その関係は分裂した時期や大きさで異なると言われている。

「兄はそこらへんドライな人でしたからね。ちゃんと夜間迷彩の装備を……」

「まぁそれはともかくとしてだな」

「話を振っといて、途中で切り上げるの良くないと思います」

こういうところが契約者としての〝姫〟ではなく、そのままの意味でワガママなお姫様だなぁ、と真田は少し呆れた。

「どちらにしろ、こんな茂みの中で隠れ潜んでいる訳にもいかないだろ。大荷物を担いでいるしな」

千姫の視線の先には、真田の武具の積まれた荷車があった。

真田の武具は、千姫との契約により、プラーナが注ぎ込まれ、再び真田の一部として蘇った。だが、未だ複数の武具が木箱に収納されたまま、眠りについていたのだ。

「やはりボクが未熟なせいか……すまない」

場所を変えて、山中で見つけた廃寺の堂内で、千姫はこぼす。

「そもそも教育も訓練も受けてないからなぁ、力が足りなかったか」

「いえ、違います！」

申し訳なさそうにうつむく彼女に、真田は慌てて声をかける。

「これらは、私に拡張される武具なんです。必要になれば、私自らの意志に呼応して発動するのであって、この身へ常に装着されるものではないんです」

千姫は、央坂城を出る際、真田ゆかりの武具の一切をかき集め持ってきたのだという。

だが、その一つ一つの由来までは、彼女も知らなかったようだ。

「そうか……良かった！　ボクが至らなかったわけじゃないんだな」

少なくとも、彼女にとって、自分が真田の足手まといになっていないというだけで十分だったのか、嬉しそうな顔になった。

「ええ、十分ですよ」

そして、答えつつ、真田は複雑な気持ちになる。

（十分どころではないんですよ、あなたは）

千姫の有するプラーナの量は、常人を遥かに上回る。

天性の才、などというレベルではない。

（いったい、彼女は何者なんでしょうか……？）

真田が思案していると、千姫はなにやら勝手にうろつき周り、うめき声を上げる。

「ぐえええ!?」

「ど、どうしました！」

「腐ってる……！」

廃寺に置かれていたお供え物を口に入れ、もがき苦しんでいた。

「常識で考えて食べられるものじゃないでしょ！　ほら、これ飲んでください！」

慌てて、真田は持ち歩いている丸薬と水の入った竹筒を渡す。

「いや〜、お腹が減っちゃってな。アクトと違って人間は燃費が悪いからメシを食わないと死ぬからな」

「だからって、お姫様の自覚あるんですか、あなたは……」

食料を人里に降りてから手に入れようとしていたため、手持ちのものは、すでに食べ尽くしてしまっていた。

「なにを言う。我が家の家訓は、『生き延びろ、まずはそれからだ』だからな。木の根も噛じるし、泥も啜《すす》るぞ？」

「豊臣にそんなスパルタンな教えがあったとは知りませんでした!?」

聞くところによれば、豊臣は、一介の足軽からのし上がったアクトだったらしい。

本来なら生まれた段階で性能が決定づけられる雑兵型の量産タイプでありながら、そこまで成長したというのは、一種の突然変異種だったのかもしれない。

とはいえ、そんなアクトが創ったお家ならば、妙な教えの一つもあっておかしくない。

「いや、これは豊臣じゃなくて、ボクの母方の実家の教えで……」

たが、千姫の返答は、真田の思っていたものとは違った。

「実家？」

「ん、まぁ、ちょっとな……」

わずかに口ごもる千姫。

この快活を絵に描いたような彼女が言いたがらないのなら、無理して聞くのは止めておいた方が良い、真田は話を変えることにした。

「少し表に出てきます。なにか、食べられるものを探してきますよ」

山の中ならば、探せば木の実か魚か鳥でも手に入るだろう。

高貴なる御方に差し上げるには粗野ではあろうが、「木の根も噛じる！」と豪語する千姫ならば問題はないと、真田は廃寺を出て、しばし歩く。

十二年間も九度山に篭もり、それ以前も、信州の山育ちである。

彼の手にかかれば、山の幸の一つや二つ見つけ出すのは造作もない。

半刻をたたずして、山芋や山葡萄、アケビに山鳩が数羽採れた。

「これだけあれば十分でしょう」

早くしないと、また腹ペコ姫が腐ったお供え物に手を出しかねない。

真田が足早に戻ろうとしたところ、背後から声が聞こえる。

「ぐええ!?」

さっきも聞いたようなうめき声だった。

振り返ると、若い女がお地蔵様の前でもがいている。

新しいお祈りの作法なのかと思ったが、そうではなく、足元には団子が転がっている。

「く、腐ってる!!」

どうやら、こちらもお供え物に手を出してひどい目にあっていたらしい。

「大丈夫ですか。とりあえずこちらをどうぞ」

食中毒にも効果のある丸薬と、竹筒に入った水を手渡す。

「す、すいませんですわ。どこのどなたが存じ上げませんが、手慣れた介抱感謝いたします」

女は、少女と言うほどではないが、まだ若い娘だった。

「ワタクシ、愛《めご》ともうします。申し訳ありませんが、今はお忍びの旅の途中でして、出自は明かせませんの」

「そうですか」

本当にお忍びの旅の途中の人は、自分で「お忍び」なんて言わないんじゃないかなぁ、と思ったが、丁寧にお礼を述べてくれている人に厳しいツッコミはいかがなものかと思い、真田はスルーすることにした。

「お供え物に手を出しちゃいけないですよ、当たりますから。バチじゃなくて、腹に」

「な、なにをおっしゃいますの!? ワタクシは別にそんなことは……」

言った直後にギュルルルと、豪快な腹の虫が鳴る。

「こ、これは、あの、えっと……」

顔を真赤にしている愛。

どうやらこの娘も、山で食料がなくなり、飢えのあまり供え物に手を出したらしい。

(私が山ごもりしている間、諸国の女性も変わったものですね……)

少し呆れた真田だが、ふと思い返せば、かつて自分が仕えていた武田の〝姫〟も、かなりハジけた性格だったので、まぁ色んな人間がいるのだろうと思うことにした。

「あの……私はこの後、連れと食事にするのですが、宜しければ、ご一緒にいかがですか?」

「え……! しかし、そんな、初めてお会いした方にそんなご面倒をかけるには……」

言葉では遠慮しているが、愛の目は真田が持っている山の幸に釘付けになっている。

「遠慮なさらないでください。袖すり合うも他生の縁と良いますから」

かくして真田は、愛とともに、逗留していた廃寺に戻ることにした。

と――戻ったら戻ったで、またなにか妙な騒ぎが起こっていた。

「テメこのアマ！　おとなしくしやがれ!!」

「うっさいバカ！　離せ！　ボクに触るんじゃない!!」

粗野な男の怒鳴り声と、怒鳴り返す千姫の声。

廃寺に、いつのまにやら男たちが集まっていた。

全員が汚らしい格好で、いかにもという野伏野盗の類。

この廃寺は、野盗たちの隠れ家の一つだったようだ。

真田が離れている間に、彼らが戻ってきたのだろう。

（しまった！　時間をかけすぎたか……）

装備もまちまちで手入れは行き届いていないが、持っている刀は人を殺せる。

「ん！　なんだお前ら……」

野盗たちの中には、数機のアクトまで混ざっている。

雑兵型の足軽アクトだが、本来の指揮系統を離れて、こうした野盗の仲間になってしまうというのも、乱世ゆえの始末の悪さだった。

（これは、参ったな……）

しばし思案し、真田はなるべく丁寧に、彼らに声をかける。

「その方は私の連れです、返していただけますか？」

野盗たちは、すでに千姫を押さえている。

まずはその身柄を平和的に取り戻せないかと交渉を試みた。

「ああん？　なに言ってんだオメェ。返すわけねぇだろ！」

「やるなら相手になんぞコラァ！」

真田の外見を見れば、ひと目で只者ではないと分かる。

だが、数の利と人質の利をもって、自分たちの方が優位だと思ったのだろう。

この状況では、まともに解放させるのは難しい。

「なにを言ってる、真田！　こんなヤッらコテンパンにノシてしまえ！　ボクが許す！」

真田の苦慮も知らずに、千姫が怒鳴る。

（それができれば苦労はしないんですよ）

この程度の人数、プラアクト化するまでもなく、真田の敵ではない。

敵ではないが、千姫にわずかでも傷をつけたくない真田は、目の前にいる野盗たちに細心の注意を払っていたのだ。

そのせいで真田は気づかなかった。

「このアクトが、真田……？」

少し後ろについて歩いていた愛が、そうつぶやいていたことに。

「私に、交戦の意思はありません」

言うや、真田は持っていた槍を投げ捨てる。

「おっ……!?」

数の利、人質の利に加え、相手が無手となったところで、野盗たちはさらに余裕が生まれたのか、真田が近づいても警戒しない。

（あともう少し、あともうちょっと……）

一歩、二歩と足を近づける。

「おっと、それ以上近づくな!!」

だが、それも限界。

あと数歩で千姫の元にたどり着くというところで、野伏《のぶし》と化した足軽アクトに包囲される。

「動くなよ……!!」

錆びた槍を突きつけてくる野伏アクトが三機。

無手の真田相手に、勝ち誇るように下卑た笑いを浮かべている。

（ここが賭けどころですかね……）

決意したように、真田は声を上げる。

「猿飛《さるとび》!!」

その声に応じるように荷台に積まれていた木箱の一つが輝くや、中からなにかが飛び出し、高速で真田の元に迫る。

「な、なんだ……!?」

野盗たちが混乱している内に、それは、真田の腕に収まった。

真田外部強化装備「十勇士」が一、〝猿飛〟——巨大な爪を備えた一対の手甲であった。

「はあああっ！！！」

それを構えるや、裂帛の気合を持って野伏アクトたちに爪を繰り出す。

「うぉおおおっ!?」

一閃の後、粗悪な槍は紙を引き裂くよりたやすく切り落とされた。

「はぁっ!!」

彼らを省みることなく、さらに真田は走る。

真田が狙っていたのは、この距離だった。

間合いこそ短いが、接近戦での取り回しの良さに、打撃と斬撃を同時に放てる〝猿飛〟ならば、この一対多数の状況下はむしろ好都合だった。

群れなす敵をなぎ倒し、七歩の距離を三歩で走り、千姫の直前に迫る。

「ひっ!」

千姫を押さえていた野盗の鼻先に、〝猿飛〟の爪をつきつける。

「無駄な戦いをしたくないんです」

ここまで、真田は野盗たちの武器や防具は破壊したが、傷は負わせていない。

(これで、戦力差を理解してくれれば良いんだが……)

相手にしてはいけない相手を襲ってしまったと気づき、下がってくれることを期待したが、わずかに、真田は失策を犯す。

「か、頭から離れやがれぇ!!」

背後から声。

背後にいた野盗が、隠れていた愛を見つけ出し、首元に刃を突きつけている。

「ちっ……！」

彼らは飲み込みが悪かったのか、力は相手のほうが上でも人質は有効と思ったのか、なおも真田への抵抗をやめない。

（どうする……？　見捨てるか？　しかし……）

ふと、千姫の顔を見る。

驚くほど怯えていない。

肝が座っているのか、それとも、「真田ならどうにかする」と信じているのか。

（こういう目には弱いんですが……）

自分だけなら問題ない。

千姫を救うだけならば可能。

しかし、この距離の愛まで助け出すのは、かなりハードルが高かった。

なにか、場を乱す出来事が起これば――

「おうおうおうおうおう!!　人の連れに上等かましてくれてんじゃねぇかコラァッ!!」

まるで真田の願いに応じるかのように、それは現れた。

青い鎧に身を包み、眼帯をかけたアクトが、廃寺の屋根の上に立ち、大見得を切っている。

「え……？」

いつの間に、とか、なぜそこに、とか、言いたいことは色々あったが、その派手な登場に、野盗たちの視線が集まる。

（チャンスだ！）

真田が動く。

「手前ェら！　一人残らずたたぁ斬ってやらぁ！！！」

青いアクトも動く。

素早い動きで野盗を殴り飛ばし、千姫を奪回する真田。

屋根から飛び降り、抜刀する青きアクト。

「どらあああああっ！！！」

ドゴオオオオオンッ！！！

まるで樽一杯の火薬が爆発したかのような豪音を轟かせ、大地に斬撃を放つ。

それだけで、野伏アクトと人間合わせて十人は超える野盗たちが、弾き飛ばされた。

「ごふっ!?」

その騒ぎを逃さない真田ではない。

千姫を担いだまま駆け抜け、愛を捕らえている野盗に迫ると、間髪入れずに蹴りを放つ。

殺してはいないが、肋骨の二、三本は覚悟してもらう程度の一撃を喰らわせた。

「オラオラァッ!!　かかってきやがれ！　一対一だなんてケチなことは言わねぇ！　束んなってかかってこい！　んで……」

さらにもう一本の刀も抜き、二刀を構え、青きアクトはさらなる見得を切る。

「束になって、オレ様に倒されやがれい!!」

その凄まじい気迫に、野盗たちは完全に呑まれてしまった。

「ひ、ひぃ……………」

一人が、武器を放り投げ、一目散に走り去る。

「う、うわぁ!!」

「ま、待ってくれぇ!!」

一人また一人と、四方八方に、散り散りに逃げていく。

たとえ十人がかりで挑もうが、斬り殺されたその死が十分の一になるわけではない。

青のアクトの迫力を前に、当たり前の生存本能が働き、野盗たちは全員逃げ出していった。

「けっ！　歯ごたえのねぇ！」

くだらなそうに吐き捨てる青のアクト。

計算してやったものなのか、本能の行動なのか、ただの偶然なのかは分からないが、真田はこういう輩を知っている。

その昔、彼の生まれた信州で、前田の流れを汲むアクトに、似たような男と会った。

戦場に愛されている者の臭い――〝戦人《いくさびと》〟の臭いである。

「兄ちゃん、災難だったなぁ……ウチの連れ、助けてくれたみたいでよ」

「え、ええ………」

この場に現れたのは、偶然かもしれない。

しかし、これほどの猛者が、ただフラフラとあちこちを動いているわけはない。

なにかしらの理由がある。

それを察し、真田は緊張を解かなかった。

「伊達！」

青のアクトに駆け寄る愛。

（伊達だと……!? あの奥州王……先の関ヶ原の戦いでは、上杉と戦ったという、あの独《ど》眼竜《くがんりゅう》!?）

噂に聞いたその名に、真田は驚愕する。

「お～、愛！ 悪かったなぁ、目ぇ離しちまってよ。まぁバラけて探したほうがすぐに見つかるんじゃねぇかと思ったら、あっはっはっ、まさか野伏たぁな？」

「笑っている場合じゃありませんわよ！」

豪快に笑う伊達に反して、愛は厳粛な顔つきだった。

「なんだよ、オメェ……どした？」

「真田ですわ！ このアクトが、ワタクシたちが探していた真田ですのよ！」

「アンだとぉ!?」

ぐいいいっと、驚きに目を剥いたようなオーバーアクションで、真田を睨みつける。

「こいつあぁ参ったぜ……タダもんじゃねぇとは思ったが、大物だ。お初にお目にかかるぜ、真田の大将」

ニヤリと笑うが、それが親愛の証でないことは確かだった。

現に伊達は未だに手に持った刀を納めていない。

「おい、ちょっと待て」

緊張した空気を放つ両者の間に、千姫が割り込む。

「勝手に話を進めるな。まずは名を名乗れ。こっちの方は知られているのに、そっちを知らんのは不公平だ。そうだろ」

「ええっと、この方はですね……」

慌てて、真田が解説しようとしたが、それを伊達が制する。

「おっと待ちねぇ！　テメェの名前はテメェで名乗らぁ！　耳かっぽじってようく聞きやがれ、お嬢ちゃん！」

言うやいなや、手に持った刀を、回し、舞いを踊るかのように見得を切る。

「日ノ本東北みちのくの、誰が呼んだか奥州王！　独眼竜のアクト、伊達ったぁ～～～……」

小節を利かせ、ドンと地面を踏みつける。

「オレのことよ！」

そしてキメ顔である。

「そしてワタクシは！　その伊達とともに歩し〝姫〟！　偉大なる大将軍、坂上田村磨呂《さかのうえたむらまろ》の末裔、愛！」

同じく愛姫《めごひめ》もまた、胸を張り、ポーズを決める。

ジャキーン！！！

「な、なんです!?　この音どこから起こったんですか!?」

二人が会心のポーズを決めたところで、どこからともなく効果音が鳴り響いた。

「いやぁ、キマったキマった、今日もオレ様カッコ良いわ」

「ふふふ、ワタクシのポージングも磨きがかかってきましたわ」

やりきったような笑顔の伊達と愛姫。

よく分からないが、分かりたくもないが、真田はなにか負けたような気になった。

「奥州……みちのく……？」

対して千姫はというと、怪訝な顔で、伊達の口上を反芻している。

「ああ、田舎から来た人か」

「――――!?」

そして出てきた結論に、伊達たちは凍りつく。

「て、てめぇ、このクソアマ！　言っちゃなんねぇこと言ったな！」

「せ、仙太威は田舎じゃありませんわよ！　杜《もり》の都とまで讃えられし立派な国ですわ！」

抗議する二人だったが、千姫は耳をほじりながら、まともに取り合わない。

「奥州って文字通り、『奥にある』から奥州なんだろ？　道の奥だからみちのくだろ？」

「うっ……」

強張る伊達。

「ボクは生まれも育ちも都会っ子なんでなぁ。三分に一本電車が来て、コンビニまで歩いて行けて、深夜アニメも全部やっているトコ育ちだからなぁ」

「ドちくしょうですわぁああああああ！！！」

「くそっ、中央のヤツらはいつもそうやってオレらを見下しやがる!!」

千姫のあまりな都会人っぷりに、伊達も愛姫も、二人揃って慟哭の叫びを上げる。

「あ、あの～……そこまで言ってあげるのはいかがなものかと……私は、奥州に赴いたことはありませんが、たいそう栄えた素晴らしいところだと聞き及んでいますよ？」

あまりの二人の痛々しさに、思わず真田が助け舟を出す。

「おおそうか！　分かってくれるか兄ちゃん！」

その助け舟に全力で乗り込む伊達。

「ええ、私は生まれが信州ですので。そこに比べれば、ずっと都会ですよ」

「あァ？　信州？」

途端に、伊達の顔に、明らかな「上から目線」が生まれる。

「いやいやいや、テメェ、信州に比べりゃあ、たいがいのとこは都会じゃねぇかよ、オイ」

「はい？」

ぴくりと、真田の頬がヒクつく。

「だってなぁ、信州って山しかねぇんだろ？」

「お米じゃなくてお蕎麦ばっか食べているって聞きましたわ」

それまでの態度はどこへやら、愛姫と二人で、信州攻撃に回る。

「い、いえ……そこまで田舎じゃないですよ……美味しいお米だって作ってますし、……良いところだってたくさんありますよ……」

心とは理不尽なもので、謙遜を込めて自分で言うのは良いが、他人に言われると腹が立つということは多い。

「そうだよなぁ、真田！　この二人に言ってやれ！　ええっと……具体的になにかあるか？」

「色々ありますよ！　まず、空気も水も良いから野菜が美味しいんです！　レタスとかすっごい作ってますよ！」

「いきなり高原野菜かよ」

「あと温泉すごく多いです！　湯水のごとく湧いてます！」

「温泉なんだから、そら湯水のごとく湧くだろう」

フォローを入れた千姫が圧倒されるくらい興奮する真田。

「ダメだってお嬢ちゃん、そんな言ったら。だって信州ってなぁ」

「ねぇ、信州と言えばねぇ」

ニヤニヤと笑う伊達と愛姫、二人声を揃える。

「「海ないし」」

「海がなかったらなんかいけないんですか――!!」

その一言に激怒する真田。

「おい、落ち着け真田。海ナシ国ってそんなショック受けることか?」

「この悔しさは、海際の人には分かりません!!」

日頃トラブルを嫌い、物腰も穏やかな真田だが、生まれ育った故郷をここまで罵られては黙ってはいられなかった。

「ハッ……ちょうどいいや。実はな、オレらがここに来たのはある理由があってよ」

「なんですか……?」

「アンタを……倒すためさ」

「――――!?」

それまでと打って変わり真剣な表情になったと思った次の瞬間、伊達は間合いを詰めて真田に斬りかかってきた。

「くっ……!!」

とっさに、〝猿飛〟で防御するが、あと一瞬……いや、その半分遅ければ、首が落とされていた。

「伊達! あなたは、まさか徳川の追手なのですか!?」

「はっ! なに生ぬるいこと言ってんだよ! オレが目指すは天下一! 徳川だってぶっ倒してやらァ!!」

吠えつつも、伊達はさらなる連撃を繰り出す。

「そのためにも、必要なのさ……天下一の力を持つ、オメェの刀がな……」

「――――!!」

伊達の一言に、真田の目が見開かれる。

「………〝海野《うんの》〟〝根津《ねづ》〟!!」

背に刻みがついた小太刀と、肉厚な刃の手斧が現れる。

「ほう……おっもしれぇ武器だな……だが、オレが欲しいのはそれじゃねぇ」

「あなたの狙いは……あれですか……」

両雄、ぶつかり合う。

激しい刃と刃のぶつけあい。

本来、武器の間合いと速さは相関関係にある。

槍は広い間合いを持つが、内側に入られれば小回りが効かなくなる。小太刀は間合いは狭くなるが、小回りが効く。

真田は刀身こそ短いが、「十勇士」の中でも防御に高い性能を持つ二刀を使うことで、伊達の二刀流を防ごうとしたが、その予測を上回る速さで、伊達は刃を繰り出す。

(なんて速さ……そして重さ!!)

兵法の道理を、力づくでねじ伏せるかのような力だった。

「しゃらくせぇ!!」

一瞬の隙を突き、伊達の二連撃が、真田を襲う。

「ぐはぁっ!!」

かろうじて急所は避けたが、その威力に、弾き飛ばされる。

「なんだなんだ……思ったよりも歯ごたえねぇな、真田……出せよ、あの刀を。卑怯だなんて言わねぇ。オマエの全力でオレに挑めや」

挑発するように、刀の峰を肩に当てつつ、伊達が言う。

「じゃねぇと、オレの……オレたちの全力になんて、かなわねぇぜ? 愛!!」

「了解ですわ!」

伊達が叫ぶやいなや、愛姫が両手を合わせ、プラーナを解放させる。

「人機合一《じんきごういつ》!!」

愛姫の体がプラーナの青い粒子となり、伊達と融合する。

「オオオオオオオオオオッ!! きたきたきたきたぁ!!」

ただでさえ凄まじいプレッシャーを放っていた伊達が、さらなる激しさを増す。

「全力全開フルパワー!! 気合入れて行くぜぇ!!」

剛と、一刀を振るう。

それはただ空を斬っただけにもかかわらず、衝撃波は大地に深い溝を刻んだ。

「こ、これが……伊達の全力!?」

驚愕する真田。

彼が今まで目の当たりにしてきた豪傑たち、武田や上杉にも匹敵する凄まじさだった。

「真田！　ボクたちも！」

通常のアクトと、プラアクトでは、その力に天地の差がある。

千姫も急いでプラアクト化を果たそうと、両の手のひらを合わせる。

「人機合一《じんきごういつ》!!」

高らかに声を上げる千姫だったが、なにも起こらない。

「あ、あれ……？」

もう一度手のひらを合わせるが、やはりプラーナ化が起こらない。

「おいおいおい、ナニやってんだ？」

その体たらくに、攻撃の手を止め、伊達が声を上げる。

「し、しかたないだろ！　まだ二回目なんだ！」

「ああン？　テメ、まだ契約してそんなモンかよ……ったく、参ったなぁ」

戦意を失ってはいないが、この状況で戦っても面白くないと判断したのか、伊達はタメ息を一つ吐くと、二刀を地面に突き刺す。

「待っててやっから、早くしろ！」

「お、おう！　すまん！」

猶予をもらった千姫、合一《ごういつ》を急ごうとするが、慌てれば慌てるほど上手くいかない。

「チッ……しょうがねぇな。おい、愛！　オメ、ちょっとアドバイスしてやれ」

『ええ〜？　それは塩を贈りすぎじゃありませんの？』

不平の声を漏らす愛姫。

〝姫〟とはアクトとともに戦場を駆ける者。

アクトが武の修練に勤しむように、〝姫〟は気の鍛錬を怠らない。

成すべきことを成していればできるはずのことができない者に情けをかけるのは、愛姫は気が進まなかった。

「しゃーねーだろ！　それともオメェは、オレに弱いモンいじめしろってのか？」

『やれやれ、しかたないですわね』

しぶしぶと、愛姫は千姫に声をかける。

『焦れば焦るほど上手くいきませんわ。まずは気の平常、水のように静かに穏やかな状態をイメージなさい！』

プラアクト化した姫は、アクトの口を経由して、己の声を出すことができる。

『次に、肉体と外界との境界を、少しずつ朧げにしていくのです。そして、己を合一《ごういつ》するアクトの体に変化していくイメージを浮かべる……』

「う、うむ……」

愛姫に言われたとおりに、千姫は己の気を静め、深い瞑想状態に入る。

徐々に、千姫の体から、光が溢れ出してくる。

「ほう、やるな愛。ちょびっと助言してやっただけで、大したもんだ」

そのてきめんな効果に、伊達は感心するが、反して、愛姫は動揺していた。

『うそ……なによ、このコ……』

「どうした……？」

『ワタクシがしてやった助言なんて、初歩の初歩よ……なのに瞬時に覚えて……いえ、それはどうでもいいわ。それより恐ろしいのは……』

愛姫が驚愕していたのは、励起状態でも分かるほどの、凄まじいまでの千姫のプラーナの量であった。

『悔しいけど、単純な量だけなら、ワタクシより上ですわ』

未だ制御は拙く、粗さが目立つが、昨日今日で〝姫〟として戦場に立った者が——否、千の戦いを超えた者とて、ここまでの力を持つ者はいないだろう。

『これが本物の天才というものなのかしら……』

わずかに、愛姫の声に、己への落胆が交じる。

彼女の祖は、偉大なる大将軍、坂上田村麻呂《さかのうえたむらまろ》であり、その出自に恥じぬよう、研鑽と練磨を重ねてきた。

その努力よりも、「生まれもっての才能」が上回っている事実が、辛かった。

「おい、愛……二刀流よか一刀流が勝るなんて、決まってねぇんだぜ」

『え……？』

そんな彼女に、伊達は、少しだけ深い想いを込めた声で言う。

「あの嬢ちゃん……なるほど、大したタマみてぇだがなぁ………この天下一を目指そうってぇオレ様が、これはと決めた女なんだぜ、オメェは！　プラーナの量だのなんだの、そんなもんはどうでもいい、オレにはオメェが天下一よ！」

ビシっと、偽りなき気迫を込めて言い放った。

『伊達……』

「こう言うときゃあよ、ニヤリと笑って言うもんだぜ……相手にとって不足なし、ってな？」

伊達の言葉に、ウソも偽りも強がりも慰めもなかった。

己の生き様への絶対の自負。それがあればこそ、己の認めし者への信頼であった。

「人機合一《じんきごういつ》！」

伊達と愛姫が改めて絆を結び直したのと、千姫が真田とのプラアクト化を果たしたのは、ほぼ同時だった。

「オオオオオオッ！！！」

流れこむ膨大な力に、雄叫びを上げて応える真田。

「気合十分って感じだな！　いいぜ、真田ァ!!」

二刀を構え、突撃する伊達。

再び、両者の激突が始まる。

互いに刃をぶつけあう真田と伊達、彼らの戦いを、高台から見下ろすアクトがあった。

「……………………」

アクトの両目は、戦う両者の動きを冷酷なまでに冷静に観察している。

『どうする……行くか？』

そのアクトの内に在りし、〝姫〟が問うた。

「そうだな……しかし……愚かしいヤツらだ」

ポツリと、そのアクトは吐き捨てるように呟く。

「あの程度の力で、徳川様に勝てると本気で思っているのならば」

その黒いアクトの額には、葵の紋が飾られていた。


「てりゃあああああ!!」

「オラオラオラオラオラァッ!!」

幾度目か、打ち合っている当人たちも分からぬほどの激突が繰り返される。

プラアクト化したことによるプラーナの出力は、千姫が上回っていたが、やはり戦場での不慣れが影響して、その力を十全に使いこなしているとは言い難かった。

対して、プラーナの量では劣る愛姫だったが、伊達の気合がそれを補う。

結果として、相対的に両者の力は、ほぼ拮抗していた。

「楽しいったらありゃしねぇぜ、真田！　こんだけビンビン来るのは、関ヶ原の時に上杉とやりあって以来よ！」

荒い息を吐きながら、それでも、伊達は心から全力を出し切れる好敵手と出会えた悦びに打ち震えている。

「…………とんでもないアクトだな」

口では呆れた言葉を吐きつつも、真田もまた、武人として伊達との戦いに、高揚を覚えずにいられなかった。

一献の杯は十年の知己に勝る――という言葉がある。

時に人は、年月に関係なく、わずかな交錯で分かり合える時がある。

二機のアクトの命をかけた刃と意志のぶつけあいは、奇妙な友情に近いものを育んだ。

「これだけの力を持つのに……なおも、アレを……ムラマサを求めるのですか！」

だからこそ、真田には、伊達ほどのアクトが、自分を倒してまでムラマサを得ようとしていることが、理解できなかった。

『真田……真田よ……なぜムラマサを使わない？』

戦いの最中に、無用な会話をしているヒマなどない。

それは時に命にかかわる。

だが、千姫は問わずにいられなかった。

「ムラマサは……あれは……悪魔の力です……。あんなものが……あんなものが、世にあってはならないんです！」

そして、真田はそれに答える。

一瞬の油断が命に関わる戦いの最中において、それでも叫ばずにいられないほど、真田にとってムラマサは忌むべきものだったのだ。

「悪魔……？　ハッ！　くっだらねぇ！　んなもん、力づくで抑えこんでテメェのモンにしてこそ武人ってもんだろうが！」

「あなたは分かっていないだけだ！　あれが、どれだけ禍々しきものか……」

真田は、苦痛に耐えるような表情――激しい悔恨に、顔を歪ませる。

「オレをオメェと一緒にすんじゃねぇ。どんな力でも使わなきゃ、天下を動かすなんてことはできねぇ。オメェとオレじゃ、気合が違うんだよ！」

伊達が、両の手の刀を、一刀は肩から、もう一刀は腰から回すように、峰を背中に押し当てるような、奇妙な構えを取る。

『なんだ、あの奇っ怪な構えは……あれでは、胴でも顔面でも、狙い放題じゃないか』

怪訝な声を上げる千姫。

確かに、伊達の構えは、防御の一切を無視して命を捨てたようなものであった。

「決める、つもりか……」

伊達の、防御を一切捨てた構えは、「命を賭けて」だとか、ましてや「捨て身の覚悟」などといった後ろ向きなものではない。

この一撃で終わらせる、という強烈な己の力への自信が成せるものだ。

（あの構えからの一撃、それはおそらく、伊達の最大最強最速の攻撃……ということか）

真田もまた、それに応じる決意をする。

「〝伊佐《いさ》〟!!」

持っていた〝海野〟〝根津〟の二刀を捨て、新たなる武具「十勇士」を召喚する。

木箱から解放され現れたのは、巨大な戦斧だった。

「ほう……ごっつくてイイ面構えの得物じゃねぇか……だが、こっちがここまでしてやって、まだムラマサは出さねぇか……」

「私は、あんなものは二度と使わない！」

言うや、真田は戦斧をゆっくりと回転させる。

その速度は徐々に速さを増し、切っ先は速さのあまり、目に像を留めぬほどになる。

「ほう……やるじゃねぇの……」

ゴクリと、伊達がつばを飲む。

すさまじい速さで回る戦斧は、さながら竜巻のように風を生み、触れずして大地を削り取るほどの嵐と化していく。

戦斧とは、長い柄の先に、重い斧をつけることで、相手を叩き潰す、超重量級の武器に分類されるものである。

真田はそれを、嵐を生むほどの高速回転を起こし、巨大な遠心力まで加えた。

（そこから放たれる一撃……そりゃあもう、とんでもねぇ破壊力だろうよ）

伊達の額に、一条の冷や汗が伝う。

（これほどの力を持つアクトが、なおも恐れるムラマサ……是が非でも手に入れたくなったぜ!!）

真田の凄まじさを知ってなお、伊達は一歩も下がらない。

「行くぜ真田ァ！　伊達が背負いし刃の十字！　とくと目に焼き付けやがれぃ!!」

ドンッ！　と、踏み出す地面を削るほどの勢いで、伊達が突撃を駆ける。

同時に、体全体をバネにして、引き絞りきった両手から、斬撃を撃つ。

二刀の斬撃は一点で交差し、神鉄すら斬り裂く破壊力を生む。

「喰らえやぁ!!」

真田の戦斧の一撃が、それを迎え撃つ。

「おおおおおおおっ!!」

「なめんじゃねぇえええええっ!!」

力と力の激しいぶつかり合い。

両者の渾身の一撃は、ここに至って、まだなお互角であった。

ドンッ！　と、轟音が響き、二人は同時に弾かれる。

双方ともに互角の力でぶつかり合った結果、その力は中心部で相殺。

あらゆる力を打ち消し合い、それは重力すら無効化させ、二人は宙に飛ぶ。

「まだだぁ!!」

「それはこっちのセリフだ！」

だが、互いの内なる戦意は消えず、宙に飛ばされながらも、両者刃を振るう。

ともに、防御を捨てた渾身の一撃を放った後。

それは同時に、一撃でも喰らえば、勝負が決するという状況でもあった。

「おおおおおおっ！」

「はあああああっ！！」

互いの刃が、撃ち放たれた――その瞬間、それは現れた。

「くだらん戯れ事だ」

突如、伊達と真田の間に、もう一機のアクトが降臨する。

「なっ!?」

「あなたは……！」

ともに驚愕の声を上げる二人だったが、真田のそれは、伊達とは異なるものだった。

なぜなら、現れたその黒いアクトは、真田と同じ顔と形をしていたのだ。

「哈ッ！！！」

現れたアクトは、左右両手から同時に拳撃を繰り出し、真田と伊達の二機を同時に弾き飛ばす。

「ごはっ!?」

大地に打ち付けられ、両者ともに地面に倒れた。

『おい、真田！　大丈夫か!!』

五感を共用しているとはいえ、痛みまで受けるわけではない。

とはいえ、真田の苦しみを感じ取った千姫が、声をかける。

『何者だ、あいつは……!?　なぜ、お前と同じ姿をしているのだ……？』

現れたアクトは、色と細部の装束は異なるものの、真田と瓜二つである。

「あ、あれは……私の……」

痛みもあるが、真田の声は、驚きと、もっとも会いたくない相手との再会に震えていた。

「俺もまた真田だからですよ、千姫様」

真田を名乗る黒いアクトが、わずかに遅れ着地する。

「我が名は真田一式《いっしき》……そこな愚物《ぐぶつ》の、兄であったものです」

言うや、黒いアクト——真田一式は、刀を抜き、上段に構えるや躊躇なく振り下ろし、弟の右腕を肩口から斬り落とした。

「があああっ！！！」

激痛に悶える真田に、兄と名乗った一式は、冷酷な目で見下ろす。

『なにをする！　なぜ兄が、弟を傷つける!!』

「乱世の習いにて。この紋を見れば、ご理解いただけるかと」

淡々と語る一式の額には、真田の六文銭ではなく、葵の紋が飾られていた。

『オマエ、徳川……？』

「然り、拙者は、あなたのお祖父様の臣下にございます」

（────!!）

一式の返答は、真田から片腕を斬り裂かれた痛みすら忘れさせる驚きを与えた。

「徳川の……？　ど、どういうことなんですか……兄さ────がはっ!!」

言い終わる前に、一式は倒れた真田の顔面を蹴り上げる。

「俺を兄と呼ぶな……この真田のツラ汚しが」

憎々しげな声に、一切の情は伺えない。

それどころか、弟の頭を踏みつけ、踏みにじる。

『やめろ！　一式とやら！　オマエが……お爺上の家臣だというのなら……ボクの言葉を聞いてくれ……！』

「……………」

千姫の悲痛な声を前に、一式はようやく、足をどける。

「どういうことなんですか……これは、いったい……」

真田は、突如乱入してきた兄から語られた事実に、ただひたすら困惑するしかなかった。

『隠していたわけではない……だが、語るのを後回しにしていたのは事実だ……ボクは徳川の生まれなんだ……』

「それは、いったい……？」

まだなお事態がつかめない真田に、一式が代わって答える。

「先の関ヶ原、引き分けと言いつつも、事実上は豊臣の負け……それは知っているな」

淡々と、感情を凍りつかせたような声で、一式は語る。

「豊臣方は『もうこれ以上いじめないでください』と、休戦条約を提案した。だが、勝てるはずだった徳川様が簡単に退くわけはない。だから、ありとあらゆる無理難題を受け入れた。負け犬が腹を見せるようにな」

領土の割譲、権利、権益の放棄。それだけではない、命を尽くして戦った家臣たちを戦犯として追放処分とするように命じられた。

そこまでは、真田も知っている。

「その条件の一つが、事実上の最高権力者である豊臣の姫を、徳川から送り込まれた者とするよう命じられたのさ」

今から十二年前、真田が追放された央坂城に入城したのは、当時まだ五歳の幼子。

それこそが、千姫であった。

「そ、そんな……ならば……なぜ、あなたは……？」

なぜ、徳川の姫が、豊臣王朝を率いて、徳川と戦おうとするのか。

「バカな貴様でも、よく考えれば分かるだろう？　例えば……先の関ヶ原、徳川は滅ぼそうと思えば豊臣を滅ぼせた。しかし、懸念材料もあった」

なおも豊臣王朝を支持し続ける西国の猛者たち。

さらに、東国にも、上杉や武田といった勢力が再興していた。

一時的に傘下に入ったとはいえ、佐竹や蒲生、それこそ伊達といった勢力は、反逆の機会を狙っている。

「これ以上戦争を続ければ、良からぬことを考える者たちも湧いてくる。なので一旦休戦とし、そういった勢力を個別に消していく」

この十二年の間に、徳川は、敵対勢力を消し、潰し、もしくは謀略調略によって味方に引き込んできた。

今、豊臣王朝が立ち上がっても、かつてのように参じてくれるアクトたちは少ない。

「そして、満を持して戦闘再開……だが、豊臣方は必死の延命工作を行い、そのキッカケを生まないようにするだろう。そんな中、頂点にいる姫が、開戦を企てれば……？」

もしも千姫が、予めその時のために送り込まれていたのだとしたら。

全ての説明がつく話だった。

『違う！　違う違う違う！！！』

悲痛な声で、千姫は否定する。

『立ち上がったのは、ボクの意志だ！　お爺上は関係ない!!』

「なるほど、自分の意志で、祖父を殺そうと思った、と？」

『――――！』

千姫と徳川、人間とアクトである。

血の繋がりはなく、本当の意味での祖父と孫の関係ではない。

金属生命体のアクトと人間の〝姫〟では、生きられる時に隔たりがある。高位のアクトは〝姫〟の候補となる娘を多く抱えるが、〝姫〟としての教育係である現在の〝姫〟との年齢差によって周囲からの呼び方が娘だったり、孫だったりする。これもアクトと人間が共存するための大事な慣わしであった。

『ボクは……お爺上のことを、救いたいだけだ……!!』

その言葉は、ともすれば、一式の発言を肯定するものにも見えた。

「そうですね。開戦の決意を豊臣の姫として表明した以上、今度は速やかにお戻りになられることが、徳川様にとってもっとも力となるでしょう」

一式が刀を構え直す。

倒れた弟に振り下ろそうとするその様は、まるで死刑執行人がする断罪のそれだった。

『そうじゃない！　そうじゃないんだ！』

アクトと〝姫〟の契約は、一度交わせば、どちらかが死するまで解消されることはない。

一式は、真田を殺すことで契約をご破算にしようとしていた。

「殺ッ!!」

それ以上、千姫の言葉に取り合うことなく、一式は刃を振り下ろした。

「ぬっ……？」

だが、その刃を、真田は止める。

振り落とされた刃を、残った左手で、素手で握り止めた。

「兄上……悪いが私は、その程度で、彼女に落胆する気はないんです」

『真田……？』

千姫の出自は、確かに、真田に驚愕を与えた。

「なるほど……徳川の流れを汲み、豊臣の姫となった少女か……それだけの者ならば、あれだけの破天荒ぶりも分かるというものです」

刃の痛みに耐えながら、真田は苦笑していた。

「無駄な抵抗は止せ……せめてひと思いに殺してやると言っているのだ！」

「あなたこそ、お忘れですか！　私は昔から諦めの悪い方なんです!!」

グイッと刃を引き、一式を引き寄せると、真田はその顔面に頭突きを食らわせる。

「ぐっ……!!」

跳ね飛ばされる一式、その隙に真田は立ち上がるが、ただでさえ伊達との戦いで疲労しているところに、片腕を失ったことで、状況は最悪と言えた。

『真田……オマエ、ボクを信じるのか？』

そんな姿になってなお、自分を見限らない真田に、千姫は複雑な声を上げる。

「後で、事情は話していただきます……ただ、今は、あなたを疑わない」

ボロボロの姿でなおも、真田は言ってのける。

「バカが……お前はいつもそうだ……関ヶ原の時も、黙って俺とともに徳川様に着けば良かっただろうに……」

再び、一式は刀を構える。

不意を突かれはしたものの、万全の状態ならばともかく、現段階で、真田の劣勢は変わらない。

（次の一撃を躱すことすら至難ですね……）

死ぬ気はないが、死を覚悟しなければならない事態だと、真田は感じた。

兄、一式の実力は弟である自分が一番よく知っている。

堅実で寡黙、実直で生真面目。

時に「地味」だの「目立たない」だの言われるが、石垣を一つ一つ積み重ねるように、己をしっかりと高めてきたアクトである。

（堅実で硬い……相手にとってこれほど厄介な相手が、実の兄ってのも、皮肉ですね……）

おそらく一式は、満身創痍の真田を前にしても、一切油断をしないだろう。

「十勇士」の武装は、まだ半分以上残っている。

しかし、今の状態で使いこなせる物は少ない。

（一つだけある……どんな劣勢でも覆す、外道の武器が……だけど……）

ムラマサ――真田の持つ、禁断の武具。

「〃才蔵《さいぞう》〃!!」

号を発し、「十勇士」の一つ〃才蔵〃を解放する。

美しい装飾の施された、白柄の長刀が、真田の手に収まる。

「フン、十勇士か……俺がそれの能力を知らないとでも思ったか?」

くだらなそうに、一式が言う。

「見え見えの手でも、使わないよりはマシですから……！」

応える真田。

言うや、刀身から、白い蒸気のようなものが吹き出し始める。

「十勇士」が一つ、〝才蔵〟は、刀剣としても最上級のものだが、空気中の水分をコントロールする能力を持つ。

その力で発生させた霧が、周囲を覆った。

（知っている相手に使うのもマヌケな話だが……それでも！）

両者ともに視覚は利かず、無茶な突進は不可能となる。

「無駄なことを……。俺の正面からの攻めを封じたつもりか？」

呟く一式。

彼ほどのアクトならば、剣の届く範囲は結界にも等しい。

たとえ背後から襲いかかられても、迎え撃つことは容易。

「やはり来たか……愚かしい!!」

背後から迫る相手に、一式は正確に、横薙ぎの一撃を撃つ。

ガキィンッ!!

刃のぶつかり合う音が響く。

「なに……？」

相手の攻撃を止めたにも関わらず、一式は驚きの声を上げる。

「なぜ、貴様が……？」

「うっせぇんだよ！　人のケンカ邪魔しやがって！　このコンパチヤロウが！」

一式に襲いかかったのは、真田ではない。

青き鎧のアクト、伊達であった。

「おらぁ!!」

二刀使いの伊達、片方は止められたが、もう一刀を振りかざし、一式に斬撃を食らわせる。

「ぬっ！」

しかし、やはり伊達も疲労困憊なのか、剣圧が軽く、一式は肩当てでその一撃を防いだ。

「伊達……葵の紋を掲げた俺に手出しするというのが、どういうことか分かっているのか？」

「はっ！　小賢しい物言いしやがるぜ……弟殺してまで、テメェの立身出世を図ろうってヤツだけはあるな！」

だが、伊達は下がるどころか、さらに剣刃を繰り出し、一式に迫る。

「やめろ、伊達!!」

しかし、その刃を、片腕となった真田の〝才蔵〟が制する。

「手出しは無用だ……お前まで、面倒をかぶる必要はない」

一式は、徳川方のアクトとしてこの場にあり、真田を降し、千姫を連れ戻そうとしている。

それを阻むということは、徳川に敵対することを表明したようなものである。

「それに、兄者のやっていることは……おかしなことじゃない……いかなる理由があれど、主命に従うのは、武人の習いだ……だから……」

悲痛な声で、真田は言う。

「だから、兄者を悪く言わないでくれ……」

「オメェ……!?」

言葉を失う伊達。

「先の一撃、霧で区別がつかなくなったからだということにしておいてやる。手を出すな、奥州王」

そして、冷淡な声で告げる一式。

「すまない。兄者」

「兄と呼ぶなといったはずだ、愚物が」

真田と一式、兄弟とは思えないほどの、冷たい言葉が交わされる。

一式が伊達を見逃したのは、一応は表向きではあるが、同調姿勢を取っている奥州と徳川の関係を慮ってのもの。

先ほど奇襲をかけた時、一式が素手で殴り飛ばしたのも、「徳川側から先制攻撃を受けた」ということにしない、一応の配慮であった。

「邪魔が入った。さっさと終わらせるぞ」

再び、一式が刀を構え直した。

『真田！　なぜだ！　伊達に力を借りれば良かろう！　あのアクトと二人がかりならば、あの一式とやらにも勝てるだろ!?』

声は返さず、心中でのみ千姫は語りかける。

「それはできません」

いきなり現れて、いきなりケンカをふっかけられて、非常識この上ない男だが、不思議と憎めないアクトだと、真田は思った。

そんな伊達を、自分たち兄弟の諍いに巻き込むようなことはしたくない。

「チッ……」

つまらなそうに舌打ちをすると、伊達は刃を納め、後ろに下がっていく。

（それでいい、伊達。その気持ちだけで、私には十分です）

真田が、心の中でそう呟いた瞬間、その声は上がった。

「あ～～～～～～やっぱダメだわ!!」

これでもかというイラ立ちを込め、伊達が叫ぶ。

「やっぱダメだ。こういうのは見てらんねぇ！」

「なんだ……手出し無用といったはずだぞ、伊達！」

再び介入するかと思った一式は、険しい声を上げる。

「いや、手出しはしねぇさ……だが、〝腕〟は出す」

「なに……？」

意味不明な物言いをした伊達、直後、己の右肩に手を当てる。

「おおおおおっ！！！」

肩の関節から火花が散る。

伊達は、雄々しく叫びながら、そのまま力ずくで自らの右腕をもぎ取った。

「なにをしている……!?」

冷静沈着が信条の一式も、伊達の奇行に驚きの声を上げた。

「こう……するのよ!!」

もぎ取った己の腕を、伊達は、真田に投げ渡した。

「使えや、真田！　オレ様の気合充分の右腕だ！　これで互角だろ!!」

「なんて無茶なことを!?」

真田も、これには驚く。

『できるのか、そんなこと!?』

千姫が問うた。

アクトは人間同様、心を持ち、意志を持つ生命体である。

しかし、人間と違い、体の一部が欠損しても、プラーナを流しこむことで該当するパーツがあれば、再結合は可能だった。

「私と伊達は、基本フレームが共通規格のはずですから、可能ですが……」

もぎ取った具足を再び纏うのとは話が違う。

自分の腕ではなく、他者の腕を結合する。そんなことを可能とするには、膨大なプラーナが必要だった。

「その嬢ちゃんの無駄に有り余ってるプラーナなら問題ナシだろが！」

『はっ……そういうことか、さすがは、音に聞こえし傾奇者《かぶきもの》は違うな！』

現状、一式は真田よりも遥かに優位な状態にある。

わずかに活路を見出だせる点があるとすれば、不確定要素も多いが、膨大なプラーナを有する千姫の〝姫〟としての力のみ。

ならば、それを最大に活かせる状況にする。

『真田！　お言葉に甘えろ！　プラーナならば安心しろ！　いくらでもくれてやる！　ボクに任せろ！』

「無茶です！　ヘタすればあなたにも……」

『黙れ！』

戸惑う真田に、千姫が一喝した。

『ボクの出自を知ってなお、ボクを信じるといったヤツの力になりたいんだ！　……言わせんな、恥ずかしい！』

合一《ごういつ》することで、アクトは〝姫〟の、〝姫〟はアクトの、互いの感情を、ある程度把握することができる。

この時、真田の中に流れ込んできた、彼女の想いは――

自分のせいで、兄と戦わせてしまったことへの激しい悔恨。

真田の力になってやれるのならば、それこそ、自分の片腕をもぐことすら厭わないという想いだった。

「まったく、あなたは……」

伊達に千姫、二人の想いに呆れた声を漏らしながらも、真田はそれに応えたいと思った。

「頼みます！　正直に言うと……さっきから好き放題され続けて、ちょっと腹が立ってきたところなんです」

『うむ！』

応ずる千姫の声。真田は、伊達の右腕を切り落とされた自分の肩に嵌める。

『行くぞ、真田!!』

「応!!」

流し込まれる莫大な量のプラーナは、両者の機体の違いなど無視して白き光を巻き上げ、さながら龍が宿ったかのようであった。

「ば、バカな……！」

その姿に、先程までの疲労困憊の、死に体の様はない。

伊達の気合と、千姫の気高さを背負った、雄々しき武者の姿があった。

「伊達ェ！　あなたの技、借ります!!」

叫ぶや、真田は左手の〝才蔵〟を腰から、右手の伊達の腕にそのまま握られていた刀を肩越しに、それぞれを背中に回す、伊達の背面十字剣の構えをとった。

「あのヤロウ……」

ニタリと笑う伊達。

「源次……!! お前は、そんな分からず屋だったか！」

「兄者、やっと私をその名で呼びましたね。十年も経てば、アクトとて物分かりも悪くなります!!」

己の幼名を叫んだ兄、一式に真田は応えると、地面を蹴って突進する。

「ナメるなぁ!!」

刀を刺突の構えにとり、迎撃せんとする一式。

両者の突撃が、ぶつかり合う。

刹那――

「ごおおおおっ!!」

十文字の斬撃に弾き飛ばされ、宙を舞ったのは、一式だった。

刃を叩き折られ、黒の具足も砕かれ、その欠片を舞い散らせながら、一瞬の時をおいて、地面に叩き付けられる。

「がはっ!!」

一刀にて、勝負あり、であった。

「ぐっ！」

しかし、真田もまた、膝をつく。

伊達と千姫の力を借りてなお、渾身の一撃を放つのがやっとだったのだ。

死を覚悟したのではない。命を捨てたのではない。

絶対に生き延びるという覚悟が、一式を凌駕したのであった。

「くっ……おの……れ……」

激痛のあまり、声も絶え絶えだが、死には至っていない一式。

「やれよ、真田……まだ介錯してやる程度の力は残ってんだろ」

「伊達……？」

激しい気性の熱血漢と思った伊達が、冷たい声で言い放つ。

「兄貴ってのはな……弟を守ってやんなきゃいけねぇ。それを、弟を殺そうとしたんだ。返り討ちにあった以上、どんな目に遭っても、文句は言えねぇ」

伊達の表情は、一式を責めるというより、己自身を責めているようだった。

『そうですわね。少なくとも、ワタクシたちは、そのつもりで挑みましたわ』

伊達とともにある〝姫〟、愛姫も言葉を重ねる。

かつて彼らは、奥州を統一する際に起こった謀反を鎮圧するため、弟のアクトを殺した。

伊達が天下一を求めるのは、そうまでして手に入れた奥州王の名を汚さないため、殺してきた者たちの命を背負う覚悟の表れでもあった。

「殺せ……」

反論もせず、伊達の言い分の全てを受け入れるような態度で、一式はそれだけを返す。

「兄者……」

戸惑う真田、それでも、武人としてのケジメを付けねばならないという思いから、刀を振りかざそうとした時、その声がかかった。

『待って！』

女の声。千姫の声でもない、愛姫の声でもない。

一式の口から、その言葉は放たれた。

プラーナが溢れだし、合一《ごういつ》の時とは逆に、それが人の形をなし、一式をかばう。

「止めて、真田殿！　一式は、お主が憎くてやったんじゃないんだ！」

現れたのは、一式の〝姫〟である、小松姫だった。

「小松！　口出しをするな、これは俺の――」

「お前は黙っておれ！」

「のごっ!?」

諌めようとした一式の顔面を、小松は見事な動きで蹴りつける。

金属生命体のアクトにうめき声を挙げさせるのだから、その威力たるや大したものであった。

『こ、小松って……確か、本多の……？』

「ああ、その娘だ」

信じられないという声を上げる愛姫に、伊達も同意するように答える。

小松姫——徳川四天王、その筆頭とも言われるほどの最強アクト、本多の娘であり、その美しさでもカバーできないほどの気の強さから、「茨木童子の化身」とまで呼ばれる剛毅な姫である。

『小松……こまっちゃん!?』

驚いた声を上げ、続いて、真田との合一《ごういつ》を解き、千姫が元の姿に戻る。

「ホントに、ホントに、こまっちゃんなのか!? うわぁ、久しぶり!」

ついさっきまで戦闘を繰り広げていたとは思えない緊張感のなさで、千姫は喜びに満ちた顔で手を取ろうとする。

「お久しゅうございます。千姫様……ですが、あなたと最後にお会いしたのは五歳の頃、覚えてらっしゃるので?」

わずかに、意地の悪い顔をする小松。

「ああ、オマエとオマエのオヤジが、ボクを高い高いして、天井にぶつけたことも、昨日のことのように覚えている」

「き、記憶力、良いんですね……」

「あと、そのことを黙らせるためにボクに金平糖を握らせたことも」

「すいません。それはマジで忘れていただけませんか……!?」

徳川の重臣の娘である小松姫と、徳川の孫である千姫、互いに幼少の頃に面識があり、千姫からすれば「親戚のおねーちゃん」のようなものであった。

「どういうことなんだ？　憎くてやったわけじゃないって」

一式の真田への態度は、兄とは思えぬほど、辛辣で厳しいものであった。

てっきり、袂を分かった弟への憎悪が成せたものだと思ったが、事情は異なるようだった。

「徳川様は……あなたの身柄を取り戻そうとなさっています。そして、その障害となる真田殿を、抹殺しようと」

「や、やめろ……小松……無駄なことは語るな」

「お前は黙っておれと言った！」

「ぬごっ!?」

再び制しようとする一式の喉笛に、再び蹴りを放つ小松。

「が、ご、ぎ、ぐっ!?」

目を白黒させ、一式はもがき苦しんでいる。

「あぁ、あーいうところも急所なんだな。アクトの」

「学ばないでください」

感心している千姫を、疲れた声で諫める真田。

通常、人間がアクトに対抗するには、最弱の足軽アクトでさえも、武装した兵士十人がかりで挑んでやっとである。

「すごいな、こまっちゃん。昔、城壁を素手で壊したって噂を聴いたけど、ホントなんだな」

「違うんです！　あれは、壁にヒビが入っていて……」

「素手で壊したのは、ホントなんですか!?」

小松姫の武勇伝に、真田は驚く。

いかに手負いの状態といえど、武将クラスのアクトを徒手空拳でノシている小松姫は、やや人間を超えた存在なのかもしれない。

「あの、話し戻して良いですか……？」

「あ、ゴメン。続けて」

千姫や愛姫よりも年上の「大人の女」の装いを見せ始めている小松姫だが、それでも剛力無双呼ばわりされるのは女の子としてちょっと恥ずかしいのか、顔を赤くしていた。

「徳川様が命じた以上、その決定は覆りません」

「だから、せめて兄の手で殺してやろうと思ったのか？」

「違います！」

毅然とした態度で声を上げる小松姫。

「叶うならば、右腕の一本でも土産に持ち帰り、『真田は殺した』と報告するつもりだったのです！　あとは、名を捨て、姿を隠し、せめて命だけでも、と……」

他の者が送り込まれたならば、問答無用で真田の命は奪われるだろう。一式は自分が出向くことで策を講じようとした。しかし、もし庇い立てしたことが明らかになれば、一式もまた徳川から処罰を受ける。処刑される可能性すら大きい。

一式の行いは、冷酷非情に見えて、自分の現状で、なんとか弟を少しでもマシな処遇にできないかと、苦悩してのものだった。

それこそ、救おうとした弟に恨まれることすら覚悟して。

「ですが、千姫様と契約を結ばれてしまったと……そうなるともう、どちらかを殺すしかありません。それで……あのような………」

「兄者……」

「俺は徳川の臣下だ。主命には背けない。だが……」

目を伏せ、苦しげに答える一式。

「いや、見苦しい言い訳だな。殺せ」

「一式！　まだお前はそんなことを言うか！」

「弟を殺そうとしたのは事実。ならば、殺されても文句は言えない……そうだろう？」

一式の目が、伊達に向けられる。

「ちっ………」

真意を知り、それ以上責めることもできず、伊達は舌を打った。

（私は、どうすれば……）

真田は、どうして良いか分からなかった。

今しがたまで、自分が、たとえ兄に殺されても恨むまいという思いで挑んだ。

だが、勝者となって、兄を殺さねばならないとなって、その心は揺れていた。

「真田一式とやら、もうオマエは帰れ」

「!?」

悩む真田に代わって、千姫が言った。

「殺したくなかったんだろう。なら、弟の真田だって同じだ。オマエを殺したいなんて思うもんか。それに、こまっちゃんの大切な相棒を殺させるなんて、ボクも嫌だ」

凛とした、異論を挟むことを許さない、強い口調だった。

「な、なにを言っているんです！　武人の道において、そのようなことは——」

「なに言ってんだ。ボクは武人じゃない。そんなこたぁ知らない」

「なっ——!?」

それでも反論した一式だったが、サラリと返され、言葉を失う。

「兄者、あなたの負けです。別の意味でも……もう、お帰りください」

そして、千姫の言葉に、真田も決断する。

「殺される覚悟で挑まれたのでしょう。ならば、勝者に情けをかけられ、生き延びる屈辱に耐えてもらいます」

「バカな……。そんなことをすれば、いずれ俺はまたお前を襲うぞ！」

「その覚悟は、できています」

甘さではない、優しさではない。

千姫と契約を交わしたアクトが、背負うべきものを背負っただけである。

「そうだったな……。お前は、頑固者だった」

立ち上がる一式、そのままもうなにも言わず、背中を向け、立ち去ろうとする。

「ご無礼をいたしました。千姫様」

その後を追おうとする小松姫。その前に、深く一礼をする。

「一つ聞かせてくれ、こまっちゃん。お爺上は、まだ、お爺上のまま、か？」

「……それは、私の口からは、申し上げられません」

千姫の問いに、小松姫は、辛そうな声で返す。

「ただ、これはあくまでも、私個人の感想ですが……」

顔を上げる小松はすがるような想いで、千姫を見た。

「あなたが、最後の希望なのかもしれません」

それだけ言い残すと、小松姫もその場を立ち去った。


しばしして——

「やれやれ、どうやら元に戻ったか」

修復した己の右腕を眺めつつ、伊達が言う。

一度は自分からもぎ取り、しかも別の相手に移譲するなど、元に戻せなくてもおかしくない事例だったが、伊達はそんなことお構いなしといった顔であった。

「無茶をする男だ……」

あらためて千姫と合一《ごういつ》し、プラーナの力で斬り裂かれた自分の右腕を接合する真田。

少しギクシャクしているが、しばらくすれば元のように馴染むだろう。

「で、ムラマサのことなんだがな？」

「まだ諦めてないのですか！」

一式の乱入で忘れかけていたが、伊達がここにいるのは真田の持つムラマサを得るためである。

「どうヤベェんだよ、それ……そこまでして渡すのを拒むってのはよ」

「あの刀は……文字通り妖刀だ。もし使えば、お前は――」

真田が語りだそうとした時、突如、千姫が合一《ごういつ》を解いた。

「くっ……」

「ど、どうしたのですか？」

突然のことに驚く真田だったが、それだけでなく愛姫もまた、伊達との合一《ごういつ》を解き、その場に膝をつく。

「おいおい、どうしたんだオメェら……？」

訝しむ伊達、それに答えるように、二人揃って腹を鳴らす。

「もうダメ、お腹へった……」

「げ、限界ですわ……！」

もともと二人とも空腹状態だった上に、戦闘を重ね、さらに切断された腕の修復にプラーナを消費したことで、文字通り気力の限界となっていた。

「あ、そうでしたね……とりあえず、食事にしてから……」

先ほど採ってきて、争いに巻き込まれないように道の脇に置いておいた山の食材に目を向ける。

「オイ待て、ありゃ食い物か？」

「ああ、山鳩とかアケビとか。色々ありますよ」

「ならちょうどいい、オレ様が調理してやる。ちょっと待ってろ！」

口を挟んできたと思ったら、伊達は意外な提案をしてきた。

「お、お前……料理できるのか？」

「お嬢ちゃん、覚えときな。料理の一つもできねぇ奴は、心も貧しいんだぜ」

アクトにも様々な者がいる。

足軽や、鉄砲兵といった戦に従事する者や、野盗に身を落とす者、農作業や鍛冶屋といったものになる者もいる。

しかし、そもそもボディの大きさもあって、アクトは基本的に繊細な作業には不向きと言われている。

ましてや一国を治めるアクトが料理できるというのは、かなり信じがたい話だった。

だが——

「う、うまっ！！！」

四半刻経たずして伊達が作った料理の数々に、千姫は目を剥いて驚く。

「な、なんだこの山鳩の肉を叩いて作ったつくねに塗られているのは。ちょー美味いぞ！」

「奥州名物、仙太威味噌よ！　保存性も抜群で、なにより味も良い！」

山鳩や山芋といったような雑多な素材を、ロクな料理器具もない中で、見事なメニューを作り上げていた。

「この山芋のとろろが、また……！　なんだこれ、かかっているのは、まさか、山葡萄か！」

「よく分かったたな。果物の甘みってのは、存外、肉に合うんだ」

ケラケラと、自慢気に笑う伊達。

本物の料理好きは、作るという工程も楽しむが、食べた者たちの絶賛の声こそ最大の楽しみとする。

そういう意味では、伊達の料理好きは本物だった。

「ウチの伊達はアレですわよ。奥州一の料理人アクトとさえ言われていますわ」

「は、はぁ～………」

愛姫の解説に、呆れたというか、感心したというか、ひたすら真田は驚いた。

ついでに言えば、調理のために刀を使い始めた時も驚いた。

刀といえば武人の魂と言う者もいるというのに、「だって、肉を切るのに一番向いているだろ、これ」と言い出した時は軽く目眩を覚えた。

（この男……ムラマサを手に入れても同じことするんじゃなかろうな……）

伊達ならやりそうなだけに、ちょっと不安になる。

「さてと、腹減らした嬢ちゃんたちにメシも食わせてやったことだしよ。そろそろ語れや、ムラマサのことをよ」

「ああ、そうだったな」

二度にわたって中断した会話を、再び始めようとする。

「あ、待て、その前にボクの話がある」

またしても、千姫が間に入った。

「おいおいおい、いい加減にしろや、デザートなら用意してっから」

「してたのか!?」

スッと、アケビの身を使った煮凝りを出す伊達に、真田はツッコむ。

「そうじゃない。まぁデザートも食うが……それに関係ある話しさ。ボクの出自も含めてな」

徳川の孫、そして豊臣の姫。

今が語るべきときだと確信した千姫は、少し長い、昔語りを始める。

「それは、今から三十年前まで遡る。本能寺の乱にまでな」

本能寺の乱――日ノ本を後もう一歩で手中に収めかけた〝魔王〟と呼ばれし黒きアクトが、それを阻まんとした白きアクトとの戦いに敗れ、この世から消え去った。

戦いは激しく、白きアクトもまた力尽き、天下は再び乱世に戻るかと思われたが、豊臣によって統一され、一応の平和を得る。

「ここまでは、正史に残っていることさ。だが、その裏に隠されたものがある。黒きアクト……、魔王は滅んじゃいなかったんだ」

黒きアクトという身を失ってなおこの世に残り続けた〝魔王〟は、新たに天下を統一した豊臣に、本人にも悟られぬよう取り憑いた。

長い時をかけ、徐々に肉体と精神を支配されていった豊臣は、暴走し、残虐と冷酷の王と化し、かつての仲間たちや自分の部下までも殺めていく。

「それでも豊臣は不出生の王器の持ち主だった。変わりゆく自分を止めるため、自ら命を断つ道を選んだ……公には病ということにしたがな」

しかし、それでも闇の連鎖は終わらなかった。

豊臣の体を抜けだした〝魔王〟は、新たなる器を求め、豊臣の重臣たちに取り憑いた。

このままでは、また新たな悲劇が起こる。

それを食い止めるべく立ち上がったのが――

「お爺上……徳川なんだ」

「ま、待ってください！」

千姫がそこまで話したところで、さすがに黙っていられず、真田は声を上げた。

「それでは、先の関ヶ原は、〝魔王〟を討伐する正義の戦いだったというのですか!? それでは、それでは……」

豊臣に従軍した真田は、とんだ道化ということになる。

「待て、話はこれで終わらない。〝魔王〟はな、恐ろしいまでに狡猾だったんだ」

憤る真田を制止して、千姫は話を続ける。

「関ヶ原の戦いの中、自陣営の勝利はないと判断した〝魔王〟は、別の相手に取り憑いたんだ……徳川に、お爺上にな」

「――――!?」

関ヶ原の戦いの泥沼化は、徳川に取り憑いた〝魔王〟によって引き起こされた。

真田も口にしたが、「強大な力を持つ者が頂点に立ち統治するならば、それが豊臣でなかったとしても、天下は平定される」――それを、〝魔王〟は疎んだのだ。

血みどろの乱世が続き、戦いが巻き起こり続けることで、己の望むものが生まれる。

「豊臣も徳川も、白きアクトも、みな勘違いしていたんだ。〝魔王〟は、究極の自己進化プログラムなんだ。自分を殺した強者に取り憑き、新たな肉体とする。それを繰り返すことで、永劫に己を強化させるんだ」

その果てにいったいなにを求めているのかは分からないが、それこそが〝魔王〟の存在理由。

「ただ倒すだけじゃダメだったんだ。〝魔王〟は感染を続け、強大な力を手に入れるだけ。そして〝魔王〟に感染した者は、心を狂化させ、暴走する」

先の九度山で、死した片桐の体から出てきたヘドロのようなもの、あれも〝魔王〟の一部なのだろう。

片桐は、豊臣方から、使者として何度か徳川に謁見している。

その際に取り込まれ、武人としての魂すら喰われたのだろう。

「ちょっと待て、一つ引っかかる」

そこで、それまで黙って話を聞いていた伊達が手を上げた。

「千姫サンよ？　オメェはそもそも、なんでそこまで詳しい事情を知っている」

千姫が語った内容は、おそらく、日ノ本にいる大半の者が知らない歴史の真相だろう。独自の情報網を持つ伊達でさえ、〝魔王〟などという存在は、初めて聞く。

あまりにも荒唐無稽過ぎて、簡単には信じられない程だ。

「聞いたんだよ。まだあの時は、五歳かそこらだったが……ボクは記憶力が良いし。あと、その人があまりにも真剣だったからな、忘れたくても忘れられなかった」

この十二年、千姫がずっと己の胸の内に留めてきた真相。

幼い彼女にとって、それは夜毎うなされるほど重いものだった。

「誰に聞いたんだ……？」

「決まっているだろう。取り憑かれた当の本人。お爺上……徳川だ」

「ンだと!?」

〝魔王〟に取り憑かれてなお、東海一の弓取りと言われし豪傑徳川は、簡単には乗っ取られなかった。

理性が残っている内に、いずれ暴走するであろう自分の抵抗勢力として豊臣を残し、そして、孫も同然の千姫を、豊臣に逃がした。

いずれ、自分を倒せる力を集め、〝魔王〟を討伐してくれることを願って。

「ということは、あなたが豊臣に下ったのも、徳川の生まれでありながら、徳川と戦う決意をしたのも……」

「そうだ。お爺上自身の願いなんだ」

真田は、ようやく千姫が語ることをためらっていた理由がわかった。

ことはすでに、豊臣と徳川の戦いという、常軌の範囲ではない。

世界の裏側で暗躍し続けた人外の者を相手とした、生存戦争なのだ。

「そして、〝魔王〟に取り憑かれた徳川を倒す方法はただひとつ、それがオマエの持つムラマサなんだ」

そこで、ようやく話はつながった。

「〝魔王〟は、関ヶ原の際に徳川本人だけじゃなくて関ヶ原に向かっていた徳川本隊四万にも同時に感染した。そしてそれらの大軍……いや、大群は、一斉にオマエが守っていた羽獲汰城になだれ込んだ……そうだったな?」

「あれは……。あれが……〝魔王〟だったのですか……」

真田にとっては、忘れようもない、悪夢の光景だった。

人もアクトも区別なく凶暴化し、獣のようになった集団が敵も味方も関係なく殺到した。

通常の兵法や、戦法の通じる戦いではなかった。

それに対抗するため、真田は「禁忌の刀」とされ、羽獲汰城宝物庫奥深くに封印されていた妖刀ムラマサを使用した。

「四万の兵もろとも、地形すら変える一撃を放ち、オマエは城を守り切った。主戦場とは違う場所だったが、間違いなく最大の激戦と言って良かっただろう」

それを知った徳川は、まだ理性の残っている内に、千姫に伝えた。

「ムラマサを使いし者、真田を味方につけろ」と——

「それが、あなたが私を迎えに来た、本当の理由ですか」

「そうだ。ムラマサを使えたのは、真田だけと聞いたからな」

〝魔王〟に感染した者を、救う手立てはない。

せめて怨念の連鎖から解き放つためには、確実に滅する方法を行使するしかない。

千姫の徳川と戦う決意は、世界を守るためと、祖父を救うためでもあったのだろう。

「ちょ、ちょっと待った！　待て、今、聞き逃せねぇこと言ったぞ！」

そこに、またしても伊達が割って入る。

「嬢ちゃんよ？　千姫サンよ？　今なんつった？」

「だから、〝魔王〟を倒せるのはムラマサ……」

「じゃなくて、もういっこのほうだ！」

今しがた、千姫は言った、「ムラマサを使えたのは真田しかいない」と。

「あれは、マジなのか……？」

「らしいな。ムラマサに関しては、いつ誰が作ったか、どのような経緯で誕生したのかも定かではないんだ。ボクも色々調べたが、分かったことは殆どない」

その言葉を聞き、伊達は愕然とする。

遠路はるばる奥州くんだりやって来た意味が、完全に失ってしまったのだから。

「だがよ、真田が使えたってことは、この先、俺にだって使えるかもしれないいんだろ？」

「たぶん、無理だ。記録にある限り、今まで誰も抜くことさえできなかったんだ。むしろ、真田が抜けたことがイレギュラーとも言える……ん？　どうした？」

真田の様子がおかしいことに、千姫は気づき、声をかけた。

「もう一度私に、あれを使えというのか……」

責めるのではなく、ただ、悲しげな顔で、真田は積まれている木箱の一つを見る。

それは、千姫が持ってきた真田の武具の山。

その中にひとつ、黒塗りに、赤い紐でがんじがらめに縛られている一箱があった。

それこそが、ムラマサの納められし箱。

先の戦いの後、真田自身が、二度と使うまいと、封じ込めたものだった。

第三章

聖戦

珠流牙城《するが》——この城の主こそが、天下人である関白を号する豊臣に対して、軍政の長を意味する征夷大将軍を号した、徳川である。

江戸が徳川の政治経済の中心とするならば、ここは軍事の最大拠点。

山と川と海を三方に置くこの地は、攻めるに難く、守るに易い、まさに天下の大要塞と言うに相応しい城であった。

「片桐に続いて、一式まで失敗したらしいですな」

城内の合議場にて、居並ぶ四機のアクト。

その中の一機、酒井が、苛立たしげに漏らした。

「だからあんな寝返り組どもに任せるなって言ったんだよ。俺に任せな、真田だろうがなんだろうが、ついでに央坂まで落として来てやるよ」

今にも立ち上がりそうな勢いで、井伊が声を上げる。

「落ち着け、井伊。貴公は昔からなんでもかんでも突撃でカタを付けようとし過ぎる。そんなだから、先の戦いで島津に痛手を負わされたのだ」

静かな声で諫める榊原。

「なんだと榊原！　なにか文句あるのか！」

「少しは本多殿のこともお察しせよと申しているのだ」

「やれやれ、もう少し落ち着けいお主ら……」

今にもつかみ合いのケンカを始めそうな井伊と榊原に、酒井は疲れたような声を上げる。

酒井、井伊、榊原――ともに、徳川がまだ小国三河の時代から徳川に仕えてきた、古参のアクトであり、一騎当千と称された「徳川四天王」でもある。

「お、おおおお……」

そして、四天王最後の一機が、アクト離れした巨体を揺らし、うめき声のような苦しげな声を上げる。

「ど、どうされた？　本多殿？」

隣りに座っていた榊原が、心配そうに声をかけようとするが、その前に、本多は雄叫びのような大声を上げる。

「おおおおおおおおおおおっ！！！　なんということじゃああ!!」

「ほ、本多殿!?」

「とっつあん声でけぇよ!!」

あまりの迫力に、思わず座したまま後ずさる榊原。

「ぬごおおおおおおおおっ!!」

井伊が怒鳴りつけるが、それよりもなおデカイ声で本多は叫ぶ、いや吠える。

「儂の婿殿が、まさか返り討ちに遭うとは！　この儂がこれはと見込んだ男なのに!!」

四天王の一機、本多。

徳川の最強戦力。不死身と不敗の象徴とまで恐れられるアクト。

通常のアクトの倍はあろう巨体を揺らして、慟哭している。

「落ち着かんかい、本多！　お主の責任ではなかろう？」

四天王最古参の酒井が、諫めるというか、宥めようとするが、本多は止まらない。

「我が娘、小松が付いていていながら、なんたる……なんたる失態！　これも全て儂のせいじゃあ！　やっぱ儂も付いてけば良かったんじゃああ!!」

一式の〝姫〟である小松姫は、本多と親子の契を交わしている。

本多からすれば、一式は義理の息子も同然だった。

「とりあえず、声、もうちょっと下げてください……耳が痛い……」

隣りに座っている榊原は、聴覚センサーの感度が振り切れそうなほどの本多の声量に頭痛すら覚えてきた。

「とっつあん！　俺が悪かった！　片桐はともかく一式は頑張ったと思う！　小松の嬢ちゃんも健闘したと思うんだよ。だから落ち――」

「小松――!!　不甲斐なき父を許せ!!」

「ダメだ、このオヤジ話を聞いてねぇ!!」

さっきまで血気を盛んにしていた井伊でさえ、本多の乱れっぷりに却って冷静になってしまい、とにもかくにも落ち着かせようとするが、本多は聞こうとしない。

「殿ォッ!!　儂に征かせてください!!　娘の失態！　婿殿の失態！　それ全てこの本多の失態！　我が身、我が命に替えてでも、汚名をそそいでみせましょう!!」

合議上の最上段、本多が向いた先には、この城の主、そして四天王の主君であるアクトが鎮座していた。

「静まれ」

簾の先に、シルエットのみ浮かび上がるアクトは、本多や他の四天王たちとは対照的に、静かに、それでいてよく響く声で応える。

「すでに、その者は送っている」

「なんと!?」

「それは、いつの間に……」

主の返答に、本多はもとより、他の四天王たちも驚く。

すでに決まったことを告げるその口調から、どのような感情が含まれているのか、四天王たちには推測できなかった。

「と、殿……我ら、そのようなお話、一切お聞きしておりませんが……?」

何十年という長き時間をともに戦ってきた重臣たちへの相談もなく物事が決定されてしまったことに、本多は承服しかねる口調で問う。

「そうだったか……それで?」

「あ、いえ……」

ついさっきまで、壁すら砕きかねない声量で怒鳴っていた本多は、子犬よりもか細い声になっていた。

(殿は、変わられた……以前ならば、我ら臣下を家族も同然に接し、いかなることも共有していたというのに……！）

十年、たった十年で、性格がここまで変わるのかと。

いや、そもそも目の前にいるのは、本当に自分が幼き日より忠誠を誓った主君なのか、それすらも分からなくなった。

別人だということではない。

まるで、生きながらして中身が入れ替わったような——

「本多殿」

「——!!」

そんな本多の不安を見透かしたように、簾の向こうにいる、もう一人の女が、本多の名を呼んだ。

「殿は大変お疲れです。お下がりなさい」

「か、かしこまりました……瀬名姫様《せなひめさま》」

瀬名《せな》——徳川と対をなす、〝姫〟である。

歴戦の猛者、日ノ本でも五指に入る豪傑であった本多の背中に、冷や汗が流れる。

今まで数多の戦場を駆け抜けてきた。

その中で死の恐怖を味わったことはある。しかし、武人の覚悟と気組みがそれを凌駕し、克服してきた。

だが違う。

この向こうにいる者は、そんな彼の常識を超えたものだと、本能が訴えている。

まるで、神か魔と面しているような……恐れではなく、畏れを感じていた。

(いつからこうなった……もはや、この城で正気の者がどれだけ残っているのだ……)

あの関ヶ原から十二年。

珠流河の城は、伏魔殿と化していた。

「失礼、致します」

他の四天王とともに、本多も合議場より退室する。


「やはり、四天王クラスとなると、簡単には取り込めませんわね、殿?」

簾の内、瀬名姫は、徳川の体にしなだれかかりながら言った。

妖艶な美女、もしくは魔性の美貌というべきか、おぞましい美しさである。

「本体の力が使えなくとも、片桐ぐらいを感染させることは簡単でしたけど、うふふ……」

舌なめずりする姿は、千年生きた蛇妖が人の姿を成したかのごとくであった。

〝魔王〟に取り憑かれた徳川。

すでにその精神は九分九厘が取り込まれている。

「しかし、このような手間をかけさせるのも全て、あのムラマサのせい……」

関ヶ原の時、徳川の臣下の全てを感染させることもできたが、ムラマサによって四万の徳川兵ごと〝魔王〟の大半が消滅させられた。

その回復に手間取り、徳川の幕閣を取り込むこと、ましてや知勇と武勇に秀でた四天王を取り込むまでには至っていなかった。

「それまではまだ時間稼ぎをしなければ……ねぇ、あなた……？」

愛おしげに、そしておぞましげに、瀬名姫は徳川の頬に、舌を這わせた。


摂津国国境――伊達たちと別れて三日、真田と千姫は、ようやくここまで歩を進めていた。

「お～、やっと摂津か！　いやはや、手間取ったなぁ～」

二人がいるのは、摂津国の南端。

都の中心である央坂城までは、一日もあれば辿り着ける距離である。

「伊達たちには感謝せねばならんな」

あの後、紀州の兵に街道を封鎖されて、先に進めないでいた千姫たちだったが、伊達が独自に調べ上げた抜け道を教わっていた。

「まさか大和国に抜けるなんてなぁ、思いもよらなかったぞ」

央坂の都がある摂津に至るには、紀州から泉州を経由しての北上ルートが一般であり、役人たちもそちらを中心に警戒体勢を取っていたのだが、二人は山を越え、東にある大和国に抜けてから川を下って摂津にたどり着いた。

山越えはかなりの難関なのだか、幾重にも連なる山々の中には、通り抜けやすい道も、いくつか存在する。

それらの隠れ道を教わったのだ。

「さぁ、ここまで来れば後はもう少しだ。行くぞ、真田！」

「え、ええ……」

先の山中での一件以来、千姫はムラマサの話はしなかった。

〝魔王〟に取り憑かれた祖父を解放し、万民を救うただひとつの方法であるムラマサ。

しかし、そのムラマサを抜くことを拒む真田。

彼女にとって命がけの決意を否定しているというのに、あえて、そのことを責めようとしない。

（私が、自分から話そうとするのを待っているのでしょうね）

そして抜かない理由すら話そうとしない自分も、千姫は責めようとしない。

徳川に生まれながら、豊臣の姫として決起した事情を持つ彼女である。

人にはそれぞれ事情がある。

時が来れば必ず打ち明けてくれると、信じているのだろう。

「とりあえず街道に出て、そこから北上すれば半日もかかるまい」

意気揚々と進む千姫の後を、真田はトボトボと付いて行く。

（奇妙だな……）

ふと、真田は妙な違和感を覚える。

二人が歩んでいるのは、都の中央街道ではないものの、城へと繋がる主要道の一つだ。

周りには田畑が広がるだけとはいえ、そこで働く農夫や、行き交う商人や旅人が目に付くはず。

なのに、いないのだ。

誰ひとりとして、視界にいない。

「なにかおかしい。私から、離れないでください」

警戒する真田だったが、声をかけた千姫の姿がない。

「あれ？」

言っている端から、真田の手元を離れ、先を小走りに駆けている。

「おい、大丈夫か？」

その先にいたのは、倒れていた旅人だった。

行き倒れたのか、街道の轍から外れ、土手に倒れこんでいる。

「近づいてはいけません！」

高貴なる姫君が、下賤な庶民に触れるなど――という意味ではない。

倒れている男から、なにか、奇妙な気配が漂っていたのだ。

「あ………」

「あ？」

男が、わずかに顔を上げ、千姫の姿を目に入れた次の瞬間、まるでバネ仕掛けのオモチャのように跳ね上がると、牙を剥いて襲いかかってきた。

「ガァアアッ!!」

「お、おわぁあああ!?」

驚き、竦み上がり、動けない千姫。

「ちっ!」

真田は素早く駆け寄ると、槍の逆側、石突で男をなぎ払う。

「お怪我は?」

「だ、大丈夫だ……」

「巷には、このように行き倒れを装った盗賊もいるのです。お気をつけくだ——」

さい、と言い終わる前に、真田の口が止まった。

手加減したとはいえ、アクトの力で薙ぎ払われたはずの男が、ユラリと立ち上がり、再び荒い息を吐きながらこちらを見ていた。

「バカな……!?」

人の身でも、鍛錬を重ね、時にアクトに匹敵する武力を持つ者は散見される。

しかし、目の前の男は、どう見てもそうは思えぬ、ただの旅人である。

「まさか……これは……」

真田の脳裏に走った嫌な予感は、最悪の形で明かされる。

男の被っていた笠が外れ、目元があらわになる。

血走った、瞳孔の開ききった眼が、ぎゅるりと、不気味に回転した。

「これは――!?」

「ギャアアアッ!!」

再び襲いかかって来る男、武術や戦術の欠片もない、ただ、獣のような声を上げ、獣のように襲い来る。

「ハァッ!!」

再び、三叉の槍を繰り出す。

今度は石突ではない、刃の方を突き出す。

「ぐ……ぶっ!?」

男の腹を、槍が貫く。

「真田……殺したのか……?」

千姫の顔が青くなっているのに気づく。

できれば彼女の前では、あまり血生臭い行為はしたくなかったのだが、真田の予想が正しければ、そんなことを言っている場合ではなかった。

「ごぼ、ゴベ、グボガァッ!」

槍で貫かれた男は、二度三度と痙攣したかと思ったら、目、鼻、口、耳と、穴という穴から黒いヘドロを噴き出して、息絶えた。

「これは……〝魔王〟!?」

片桐の中にも潜んでいた、〝魔王〟の断片である。

これが体内に入りこめば、意志の強い者でも人格が壊れ凶暴化し、そうでない者は、獣も同然となる。

「バカな……ここは摂津国だぞ！　豊臣の本拠地で……」

良い方向に考えることもできる。

例えば、この男は徳川の密使で、すでに〝魔王〟に感染した状態で現れた、とも。

そうなれば、豊臣の地に〝魔王〟そのものが現れるという最悪な状況は回避されているということだ。

だが、そうでないことは、即座に証されることとなる。

二人は街道を走った。

状況を把握するため、最寄りの村に急ごうとしたのだ。

そして、ようやく小さな村を見つけたところで、その光景を目の当たりにする。

「なんだ……これは……！」

絶句する千姫。

人というものの定義がなんであるか――それが、「知性」だと言うのなら、そこにはもう、人はいなかった。

「ア……ガ……グガアアァッ!!」

「ギシシシグゲゲゴガガガ……」

「シャシャア……シャシャア……」

知性どころか品性も理性も失い、獣同然に成り果てた村人たちが、互いに襲い合い、殺し合い、血みどろの惨劇を展開していた。

「同じだ、あの時と……！」

羽獲汰城合戦の時、突如として暗雲が徳川軍を包み込んだと思ったら、その後に起こった暴走と、全く同じ光景だった。

村の総人口は、おそらく百人もいないだろう。

それでも、男も女も、老人も子どもも、理性を失い暴れている姿は、まるで地獄の一部が切り取られたかのような錯覚さえ覚える。

「そうか、あの男は、ここから逃げてきて力尽きたのか……」

そして〝魔王〟の感染に理性を失い、襲いかかってきた。

「ん？　おい、アレ……！　まだ、マトモな奴がいるぞ！」

千姫の指差す先、一人の少女が、感染者たちから逃げ回っていた。

「助けて！　助けて！　いやぁ!!」

泣き叫ぶ少女。しかし、理性を失った村人たちは聞く耳を持たない。

そもそも、もはや人語すら解せなくなっている。

「くっ……!!」

槍の柄を握る手が、痛い。

武人などと言っていても、要は敵を殺めて糧を得る者である。

それでも殺し殺されることが前提とされる戦場において敵兵を殺すのと、無辜の民を殺すのでは、刃の重みと意味が違う。

「いや！　助けて！」

重い葛藤。それは、助けを求める少女の目が、自分に向けられた瞬間、砕け散った。

「おおおおおっ！！！！」

真田は飛び出すやいなや、槍を旋回させ、暴徒化した村人たちをなぎ払う。

一切躊躇はしない、手加減もしない。

わずかにでも、死の痛みを感じさせないように、一撃で、確実に殺す。

「許してくれなどと言いません……恨んでください！　憎んでください!!」

〝魔王〟の感染から解き放つ方法はない。

生きている限り、延々に、暴虐の獣として狂い続けるしかない。

せめて一思いに終わらせる。それ以外に、できることはない。

「あなたたちを救えない、私の無力さを……憎んでください……!!」

百人近い村人たち、数はいれども、戦いに特化したアクトならば物の数ではない。

なにせ、男だけでなく、女や老人、子どもも併せての数なのだ。

「ガ……ガギギ……」

最後の一人、鎌を持って襲い掛かって来た老婆の息の根を止めたところで、戦闘は呆気ないほど一方的に終わった。

「私は……最低です……」

荒い息を吐き、血まみれの槍を片手に、佇む真田。

そんな彼の手に、千姫は己の手を重ねた。

「汚れますよ……」

「気にするな。ボクにも背負わせろ……」

彼らは豊臣の領地にいる民である。

豊臣の姫君である千姫の、彼らを救えなかった悔しさは真田以上だった。

「今は、一人でも救えたことを良しとしよう」

そう言って千姫は、恐怖のあまり失神している少女を指差した。


「ん……ふわ……」

「お、起きたか?」

しばらくして、少女はようやく目を覚ます。

村の中の比較的無事だった家を使い、千姫は少女を介抱していたのだ。

「あの、わたし……あの……あれ? あの赤いアクトの方は?」

「アイツは……ちょっと野暮用をな」

キョロキョロと周りを見回す少女に、千姫は辛そうな顔で答えた。

真田は、自分の殺した村人たちの墓穴を掘りに出ていた。

「ええっと、オマエは……あ、名はなんという？」

「あ、あの……サラと申します。貴方様は……？」

千姫が一般人とは違うことは、身なりをみれば想像が付く。

「ああ、千という。一応、姫をやっている」

「あ、そうなんですかぁ……千……姫……様ァ!?」

摂津国は千姫の地元である。姿を見たことはなくとも、その名を知らぬ者はない。

「あわわわわわ………」

再びショックを受け、少女――サラは気を失いかける。

「あー、落ちるな落ちるな！　気にしないでいいから！　そーゆーオマエも、何者だい？」

少女の姿も、ただの村娘とは違った。

神職が纏う、法衣を身に着けている。

「わ、わたしは、四天王寺の尼僧でして」

「ほう？」

四天王寺とは、摂津国の南にある、千年前から続く古刹《こさつ》である。

「なぜこの村に来ていたのだ？」

「その……ここ数日、あちこちで、人々が暴徒化する事態が起きていまして……」

「待て!?　この騒ぎは、この村だけではないのか!!」

思わず、サラの胸ぐらを掴み、千姫は問いただす。

「く、苦しいです……!?」

「す、すまん……どういうことだ……お爺上――徳川が、本格的な侵攻を始めたのか……早過ぎる、いくらなんでも！」

徳川の治める東海一帯は、領土は広大だが、同時に多くの敵対勢力と国境を接している。

下手に動けば、武田や上杉に後ろを突かれる恐れもある。

あと一年、せめて半年は猶予があると踏んでいたのだ。

「すでに、五つ以上の村が、ここのように……人もそうですが、アクトまで暴徒となっているため、手が付けられず……かろうじて正気を保っている人は、四天王寺に逃げ込んでいるんです」

「城の者は！　央坂の城の者たちはなにをしているのだ!!」

衰えたりとて、一度は天下を差配していた者たちである。

保有する兵士も、千や二千ではない。

「それが、何度も使者を出しているのですが……門も開けてくださらず……」

「保身に回ったか……バカが！」

憎々しげに、千姫は吐き捨てた。

城の者たちは、先の関ヶ原以来、臆病風に吹かれまくっている。

城外での騒ぎも、自分たちの身の安全を第一に考え、まともな指揮系統が働いていないのだろう。

（全く、この調子じゃ、徳川と一戦交えても大砲の音だけで身を竦ませるんじゃないか？）

有り得そうな予想に、笑うこともできなかった。

「それで私もこの村の方々を四天王寺に誘導しようとして……ですが、一歩遅く」

「そうか……ご苦労――いや、すまない」

城の者たちがまともに動かない中、自分たちで救援に走ったのだろう。

先ほどの彼女の危機は、広い意味で言えば、自分のせいだと、千姫は思った。

「あの、千姫様もお早く。参りましょう、四天王寺に！」

「だが……他の民が苦しんでいるのに、ボクだけ行くわけにも……」

他にも、〝魔王〟が感染している村があるかもしれない。

その中で、助けを求めている者たちがいるかもしれない。

いないかもしれないが、わずかな可能性を、見捨てたくなかった。

「急ぎましょう。今からなら夜になりますが、こうなっては昼も夜もない」

悩む千姫に、ちょうど墓掘りから帰ってきた真田が冷静に告げた。

「真田……！　だが――」

「あなたが行ってどうなります。万が一、あなたも感染したら？　そうでなくとも、なにかあれば？」

「しかし……」

「気持ちは分かります。でも、大将が生き残らねばならない時というのはあるものなんです」

真田の言っていることは冷酷に思えるが、真実であり、現実だった。

死した者たちへの罪悪感だけで、自らの命を捨てられても、なにもならない。

「しかし、四天王寺に行ったところで……安全なのですか？」

真田は、サラに尋ねた。

四天王寺が名刹《めいさつ》であることは彼も知っているが、堅牢無比な要塞とは聞いたことはない。

感染者の中にはアクトもいるという、それらが大群で押し寄せれば、耐えられるものではない。

「いえ、大丈夫です！　四天王寺には、神仏の加護がありますから！」

答えるサラの顔には、強い自信が現れていた。


村を出た真田と千姫、そしてサラの三人は、真田の背中に担がれる形で街道を走った。

途中、何度か凶暴化した民やアクトに遭遇したが、真田は黙々と、彼らを斬り倒す。

その顔に逡巡はなかったが、わずかに肩が震えているのを、千姫は感じた。

「真田……ゴメンな……」

「言っている意味が分かりません」

あえてぶっきらぼうに答えているが、千姫には、真田の気持ちが伝わっていた。

ここまでの間、真田は一度もプラアクト化をしようとしなかった。

するまでもない相手、といえばそれまでだが、合一《ごういつ》すれば、感覚も千姫と共有する。

ただの被害者である、なんの武力ももたない民を殺す感触を、味わわせることになる。

「ボクは……情けないなぁ……」

悔しくて悲しくて、泣きそうになったが、今の自分に泣く資格すらないと、千姫はグッと目元に力を込め、涙が溢れだすのを食い止める。

彼女にできるのは、それだけだった。

そうして、ようやく四天王寺に到着する。だが――

「なんだ!?　もう、エラいことになっているじゃないか!!」

四天王寺の周辺には、黒山の人だかりができていた。

助けを求めやって来た避難民ではない。

全てが、獣のような声をあげ、大門に、壁に張り付き、爪を立てている。

壁によじ登ろうとする者、そのよじ登ろうとする者を足場にさらに登ろうとする者、その者を足場に、さらによじ登ろうとする者。

このままでは、陥落するのも時間の問題に見えた。

「これは、どうしようもない……!!」

サラの話では五つ以上の村が被害にあっているという。

だが目の前の大群は、その程度で収まる量ではなかった。

百、千、いや万をゆうに越している。

真田の力でも、たとえプラアクト化しても、対応できる数ではない。

「大丈夫です。神仏の加護は伊達ではありません」

「今さら祈ってなんになる!?」

それでも、不安の欠片もないサラに、千姫は苛立ちのあまり怒鳴りかけるが、その瞬間、異変が起こる。

「なんだ!?」

四天王寺の東西南北から、四つの光の柱が生まれる。

すでに時間は夜、だが、時が早まり陽を巡らせ、昼に変わったかというほど明るくなる。

「ゴガアアアアッ!?」

「ヒイヒギャアアアアッ!!」

壁に、門に張り付き、力づくで乗り込もうとしていた感染者たちが、苦しげにうめき始めたかと思うと、ボロボロと倒れていき、火を恐れる獣のように退散していく。

「言ったでしょう?　ここは四天王寺、古の聖皇《せいおう》がお造りになられた、聖域ですよ」

まるで自分の手柄のように、サラは胸を張った。


今から千年前、「聖皇《せいおう》」と呼ばれる者がいた。

馬小屋で生まれただとか、十人の話を同時に聴いただとか、黒き馬にまたがり天を駆けただとか、様々な伝説を残し、死した後もその威光は残り、神や仏と同様に祀られている。

四天王寺は、その聖皇が自ら建立した寺なのだ。

「寺の四方に祀られている四天王が、結界を張っているのです。護法神《ごほうしん》の力の前には、歪んだ力に囚われた者たちは近づけません」

悠々と正門から境内に入った千姫と真田に、サラは説明する。

「仏法の加護か……あるんだな、ホントに」

「おそらく、強大なプラーナによるものでしょうね」

プラーナは、プラアクト化においては〝姫〟のみが発動できるが、元は生命そのものに宿りし、根源の光の力と言われている。

千年の間、信仰の対象として存在した寺社。

そこに込められた祈りの力が発動したのだろう。

現に今も、本堂では、寺の僧侶たちが総掛かりで祈りを捧げ、プラーナを供給している。

「皇《おう》か……」

ポツリと、千姫は呟く。

日ノ本創生の頃に、神よりこの国の平定と豊穣を託されし一族。

「死した皇でさえもこれだけの力が残っているんだから、もしその末裔がいたら、乱世も止められるんだろうなぁ……」

豊臣は、あくまで「王」。征夷大将軍と名乗ってはいるが、徳川ですら「覇王」の位である。

要は、正式な皇がいないので、代理として就いているという形式だ。

「ま、言っても始まらないか」

皇《おう》の一族が最後に確認されたのは、三十年以上前の話。

それ以来、その末裔たちの消息は、ようとして分かっていない。

寺の境内には、逃げてきた避難民たちが不安そうな顔でスシ詰めになっている。

四天王寺の広大な敷地をもってしても収容しきれないほど、すでにあちこちで混乱が起こっているのだろう。

「今は、目の前のことを考えなきゃな」

行方知れずの皇の末裔に頼るよりも、成すべきことを成す事態だった。

「とりあえず、なんとかして城に向かう。籠城を決め込んでいるバカどもを説得して、兵士を派遣し、避難民を収容して……」

今後の対策を検討するが、上手くいくかは、千姫にも疑問だった。

彼女は、豊臣の最高位にある者だが、あくまで最高権威者でしかない。

権力者としての実務権限は、恐ろしいほど少ないのだ。

なにせ、徳川から送り込まれた姫君である。常識的に考えて、実権など渡すわけがない。

真田のところに行くことができたのも、お忍びの訪問と見せかけて連れ去ろうとした片桐が裏で手を回したからだ。

千姫一人が行きたいと言っても、外堀どころか、内堀も越えられなかっただろう。

「くそ！　情けない！」

自分の力の無さに、あらためて千姫は歯噛みする。

「いきなりなんでもできるわけではありません、まずは、現状の再確認からですよ。これ、けっこう戦場では大切なんです」

敵を知り、己を知らば……戦場の基本である。

「すまん。気を使わせたな」

「いえ……」

しかし、真田の真意は、「嘆いていてもしょうがない。今できることをしよう」という激励でもあった。

そのことに気づき、千姫は暗い顔を晴らそうと、自ら両手で頬をペチペチと打つ。

「伊達じゃないが、こういう時こそ気合だな」

しかし、まだ分からないこともあった。

てっきり徳川本隊が進軍してきたかと思ったが、その様子はない。

〝魔王〟が撒き散らされただけであり、軍事的な混乱は起きていない。

(敵はいったい、どこにいる……?)

相手の出方が掴めず、千姫は困惑した。

「千姫様、こちらに」

「ん?」

思考を巡らせていた千姫に、サラが声をかけた。

「千姫様に、お見せしたいものがあるのです」

「ボクに？」

きょとんとする千姫に、サラは構わず、手を引いて、寺の一角に連れて行く。

「この先に聖霊院《しょうれいいん》というお堂がありまして、聖皇様の像が安置されているんです」

「待て待て待て、こんな時に観光案内なんてされても困る」

「普段は決まった時期にしか開帳しないんですが、今日は特別にご覧になれますよ」

「いや、だからな……」

苦い顔をする千姫をよそに、サラはグイグイと拒み難い力で、聖霊院にまで連れて行った。

「さぁさぁ、真田殿もお入りください」

「え、私もですか？」

千姫だけでなく、サラは真田まで、堂の中に誘った。

「それでは………」

「お、おい、サラ？」

二人が入ったことを確認すると、サラは外から扉を閉めてしまった。

さすがに焦り、扉に手をかけようとした千姫だったが、その前に、異変が起こる。

「え……？」

光が、堂内に広がる。

松明の光でも、ましてや陽の光でもない。

先ほど、凶暴化した感染者の群体を払いのけた、聖なるプラーナの光だった。

「な……これは………？」

振り返ると、そこに安置されていた聖皇の像から光が溢れだし、朗らかな笑顔をたたえた、青年の姿となる。

『ようやく、会えたか……』

まるで静かな川の水音のような、暖かな日差しのような、聴く者の心まで浄化してしまうような、美しい声だった。

「な、なんだ……誰だ……？」

『私は……そうだな、君たちが言うところの、古の聖皇、だよ』

「なにぃ!?」

千年前にこの世を去ったはずの者だと名乗られ、千姫は驚く。

「これはまさか……残留思念……？　莉世の時と同じ……」

九度山での時と同じ感覚を、真田は覚える。

「だが、力が、桁外れだ……そもそも千年もの時を超えて、ここまで残るものなのか……」

〝姫〟として強いプラーナを持っていた莉世でさえ、十年と少し後に、最後の別れの言葉を伝えるのがせいぜいだった。

それが千年である。残留思念というレベルを超えている。

「これが皇家の力か……」

常軌を逸した存在に、真田も言葉を失う。

「なんでまたボクらの前に現れたんだ……？　あ、そーか！〝魔王〟に苦しむ民を助けるために現れたんだな!?　そうなんだろ！」

『いやぁ、残念。それは違うんだ。さすがにそこまでの力はない』

「なんだよ、もぉー！」

当てが外れて、地団駄を踏む千姫。

「あ、あの……もうちょっと、敬意を持って接したほうが……すごい人なんだから」

伝説の聖皇を前にしているとは思えない態度に、真田の方が申し訳ない気持ちになった。

『いや、良いんだよ。今代のムラマサの持ち手くん。私、そーゆーの気にしないから。もっとフランクに接して。親戚の叔父さんに会うようなノリで』

「無茶を言う!?」

伝説の聖皇の気さくさに、ひたすらうろたえる。

「……!?　待ってください、聖皇様！　あなたはムラマサのことをご存知なのですか!?」

うっかり聞き逃しそうになった一言に気づき、慌てて問い直す。

『ああ、その剣は私の頃からあったからねぇ。ま、もっとも、その当時は別の名前が付いていたし、形も違ったけどね』

「それは……」

『できれば色々とちゃんと伝えたいんだけどねぇ、時間も限られているんだ。チャッチャャといこう。君たちが〝魔王〟と呼ぶアレを倒せるのはそのムラマサのみだ』

「んなこたぁ、分かってる！」

フランクさんを求める聖皇に、ご期待通り容赦なくツッコむ千姫。

『聞き賜えよ。だが、〝魔王〟の感染を取り除く方法が一つだけある』

「マジでか!?」

目を輝かせ、身を乗り出す千姫に、聖皇は陽気に答える。

『マジマジ、大マジ!!』

「…………………」

そろそろ緊張感のある話し方をしてほしいと、真田は思った。

『〝魔王〟はね、無限に分裂し、人間やアクトに感染する。分裂して感染した〝魔王〟は、独自に成長してまた分裂する。超凶悪な倍々ゲームなんだね』

「いやなプラナリアだな、オイ」

プラナリアとは、百に切り裂けば百の欠片が全て元の形になるという、脅威の再生能力をもった生命である。

『そうだね。でもちょっと違う。〝魔王〟は感染というように、一種のウイルスみたいなものさ。宿主に寄生し、宿主の体を変質させ、自分の分身を作る。〝子ども〟じゃなくて〝分身〟だ』

「なにが言いたいんだ？」

首をひねる千姫だったが、真田が、はたと気づいた。

「子どもではなく、分身……そうか、全にして個、なんだ！」

『当たり！』

嬉しそうな顔で、聖皇は指をさす。

『〝魔王〟の分身はね、所詮、分身でしかないんだ。本体さえ潰せば、連鎖して他の〝魔王〟も死ぬ。それってどういうことか分かる？』

「感染した者たちも、元に戻る！」

『正解！』

一度感染した者は、救う手立てはない。殺すしかない。

そう思い込んでいた真田にとって、吉報と言って良い情報だった。

「待て、その本体はお爺上になるわけか……じゃあ、倒すまではこの状況は変わらないってことじゃないか」

重い声で、千姫が言う。

今どこにいるのか分からないが、徳川は屈強なる家臣団のそのさらに奥にいる。

倒すまでにどれだけの時がかかるか。

それまでに何人死ぬか、何人救えないか。

希望の光は差したが、その光は、かえって絶望を色濃くする。

『さて、それはどうかな？　どうやらこれは………』

聖皇が、さらに言葉を続けようとした時、突如、豪音が轟く。

「なんだ!?　大砲か!?」

「いや、違う、これはそんな音じゃない!!」

千姫の叫びを、即座に真田は否定する。

凶暴化し、獣並みの知性となってしまった者たちが、大砲などあったとしても使いこなすことはできないだろう。

「これは……まさか……」

そもそも、大砲などといった、常識の範疇にある力の発動ではない。

もっと巨大で、もっと強力な超常の力の発動を感じた。

そう、それこそ――

「…………!!」

いてもたまらず、真田は堂の扉を開き、音がした方角、寺の正門に向かう。

「おい待て、真田!」

後に続く千姫。

『あれ、私ほったらかし?』

そして残った聖皇は、緊張感のない声を上げた。

それが、四天王寺の正門に来たのは、真田と千姫が、聖霊院に入って直後のことだった。

「何者だ!」

現れた一機のアクトに、門についていた番兵が叫ぶ。

身に纏う白銀の具足——否、鎧は、明らかに日ノ本のものと異なる。

金色の兜飾りは、闇夜すら跳ね除ける輝きを放っていた。

「ここがシテンノウジ、か……なるほど、素晴らしい神力ではないか。日ノ本の皇も、侮れないね」

白銀のアクトは、兵士たちの怒鳴り声など、一切気にしない。

これが非常時でなければ、それこそ夜ではなく昼間に訪れていたならば、異国から来た旅人と思うくらい、安穏とした雰囲気であった。

「そこのアクト！　今、ここは危険なんだ！　避難しに来たんじゃないなら、立ち去った方が良いぞ！」

そのあまりの緊張感のなさに、番兵たちも、迷い込んできたお上りさんかと思い、警告の声をかける。

「ふむ……そこの者たち？」

ようやく番兵の声に答え、白銀のアクトは振り返る。

「逃げたほうが良いぞ。今から、この門を壊すから」

「は？」

その言葉の意味を、番兵たちは理解できなかった。

日ノ本の言葉に明るくないため、異国のアクトが間違えた言い回しをしたのかとさえ思ったほどであった。

しかし、すぐに、それは間違いではないと知らされる。

白銀のアクトが腰に下げた剣を引き抜いた後、一瞬で、千年の時を守り続けてきた四天王寺の大門は、粉々に砕き散らされた。

「いったい、これは、なんだ⁉」

聖霊院から駆け付けた二人。

あれだけ豪壮を誇っていた大門が瓦礫の山と化しているのを見て、千姫は驚愕の声を上げた。

「敵はどこだ⁉　いったいどこから現れた‼」

大門は、聖皇の加護によって〝魔王〟に感染した者は近づくこともできない。

物理的に破壊しようとしたならば、相応の軍勢が必要なはず。

しかし、周囲を見回しても、誰もいない。

ただ一機を除いて。

「まさか、そういうことか……？」

「おそらく、そういうことです」

信じられないという口調の千姫に、真田が認めざるを得ないというふうに応える。

瓦礫と化した山門の上に、一機のアクトが立っている。

このアクトが、たった一機で攻めこみ、たった一機で破壊したのだ。

〝Good evening, princess〟……良い夜だな。とても静かで……こういうのを、日ノ本ではフゼーがアルと言うのかな？」

大剣を肩に担ぎ、白銀のアクトは、朗らかに話しかけてきた。

「異国の言葉……オマエは、何者だ！」

「我が名はアーサー……ブリテンより罷り越したアクトです」

ブリテン——古に闘神が邪神を切り裂き作った八大国家の一つ。

東の果てにある日ノ本とは真逆の、西の果てにある国である。

「そんなとこからわざわざやって来て地元の名所ぶっ壊すとはどういう了見だ！　旅の恥はかき捨て、とでも言うつもりか！　マナーがなってないぞ、マナーが！」

「それ、違うと思います……」

錯乱し説教する千姫を、真田は諫める。

「敵襲ってことか……だが、ブリテンの者がなぜ？」

「恐らく、それは……」

考えられることは一つしかない。

しかしそれは、ただでさえ最悪の事態を、さらに最悪にするニュースだった。

「お察しの通り、我はこの国の〝General〟……トクガワと盟約を結んだのだ」

「なんだとぉ!?」

ただでさえ強大な徳川が、さらに外国勢力とも同盟を組んだ。

豊臣にとっては、これ以上ない最悪な話だろう。

「ブリテンが……そんな海の向こうの国が、日ノ本と同盟を組んでどうするんだ……？」

「色々事情があるのだよ。我々だけでは倒せない敵を、倒すためとかね？」

遠交近攻という言葉がある。

近くの敵を倒すためには、時に遠くの者を味方につけよ、という戦術である。

それでも日ノ本とブリテンでは距離がありすぎる。

（そこまでして求めるものがあるのか……？）

真田が疑問に思った時、それを明かすように、アーサーが肩に担いだ剣を構える。

「ムラマサ……というらしいな、キミのカタナは」

「！」

その一言で、疑問の半分が砕けた。

「そうか、あなたも、ムラマサを狙っているのか……？」

伊達と同じく、最強の刀とも呼ばれる妖刀を欲して現れたのだとすると、遠き海を超えてきた理由も説明がつく。

「ん？　いやいや、我にそんなものは必要ない。武器というものは、愛しき恋人と同じだ。数さえ揃えれば良いというものではない。深く愛し、己の一部とすることが、大切なのだ」

「わざわざ他人の国にやってきて、覚えたての言葉でキザったらしい口上を並べるやっちゃな〜」

アーサーの芝居がかった語り口に、千姫は呆れ返るが、その顔から即座に笑みが消えた。

「そう、このようにね！」

言うやいなや、アーサーの持っていた剣が、白き閃光を放つ。

「なんだ!?　これは……」

それは、プラーナの輝きだった。

「バカな、あれはまるで……ムラマサ!?」

そして、その光景は、真田には見覚えのあるものだった。

「見賜え！　これぞ、神が託し、精霊が鍛えし聖剣、その名も……エクスカリバー!!」

剛と、アーサーが剣を――エクスカリバーを降り下ろす。

途端に、凄まじいプラーナの輝きは攻勢を持って変化し、光刃となって撃ち放たれる。

「うわぁああっ!!」

直撃……ではない。

それでも、衝撃波だけで、千姫の軽い体は吹き飛ばされる。

「掴まっていてください!!」

とっさにその身を庇い、盾となる真田。

この一撃、アーサーは当てる気などなく、見当違いの場所に放っていた。

それでさえこの威力。もし直撃していたならば、四天王の加護あれど、大門が砕け散ったのも理解できる。

「さぁ、早くそこの〝Princess〟と〝oneness〟し賜え。我を相手に、アクトのままで勝てると思うほど愚かではないだろう？」

挑発ではなく、まずは自らの力を見せつけ、相応の備えをするよう迫る。

騎士道とでもいうのか、その公明正大さが、かえって恐ろしかった。

「行くぞ真田……手加減も油断も許す相手ではない」

「はい、参りましょう……！」

三度目の合一《ごういつ》――今度は手こずることなく、プラアクト化する。

「オオオオオッ！！！」

雄叫びを上げ、溢れだす力を誇示する真田。

槍を構え、挑みかかろうとする――前に、アーサーが動いた。

「なにっ……？」

挙動が、全く見えなかった。

まるで、移動のモーション全てを省いたかのような、空間そのものが移動したかのような速度。

（速い――――!?）

気づいた時には、真田は顎から蹴り上げられていた。

「ごっ!?」

「ふむ、速さはさほどでもないかな？」

美しい軌跡を描き一回転すると、再び地面に足を置き、地面を蹴る。

「くっ！」

真田は防戦の構えを取る。

（まずは、動きを止める……！）

しかし、直前まで迫ったアーサーの姿が、掻き消える。

「なっ……!?」

今度は真田も油断していたわけではない。

確かに、その姿を目で追っていたはず。なのに――

「こっちだよ」

背後に、回られていた。

「ちいいいっ！」

「遅い！」

振り返り、斬撃を繰りだそうとするが、それよりも先に、凄まじい力で頭を鷲掴みにされ、そのまま地面に叩き付けられる。

（なんという……ことだ………!?）

これがなんらかの特殊能力、もしくは魔術や妖術の類ならば、対抗策はともかく、まだ救いはあった。

（この男……強い！　単純に、凄まじく強い！）

強大な力と、桁外れの速度。それを、技量をもって使いこなしている。

シンプルなまでの強者。正攻法ゆえに覆せぬレベルの違い。

（だが、逃げるわけにも……いかない！）

正攻法で勝てぬ相手ならば、搦め手で勝つ。それが真田の闘法。

「〝清海《せいかい》〟！！！」

号を発し、「十勇士」の一つ、真田の身の丈もある巨大なハンマー〝清海《せいかい》〟を召喚する。

「〝由利《ゆり》〟！！！」

続いて、拳から肩までを覆うウィンチの備わった巨大盾〝由利《ゆり》〟も喚び出した。

「ん？　速さでは敵わぬと知って、速度を捨て重武装型に切り替えたのかね？」

冷静に、真田の行動を分析するアーサー。

巨大鎚に巨大盾、動くだけでも一苦労な重装備である。

「確かに、その巨大なハンマーで殴られれば、我とてタダではすまぬだろうなぁ」

速度も力もあちらが上、なら、持てる全てを相手の防御を上回る必殺の一撃に賭ける。

「考えは悪くない、と言いたいが……まず当てなければ、意味はなかろう！」

ドンと、再び地面を蹴り、まるで騎馬兵の突撃のようにアーサーが迫る。

（直線……？　いや、避けるか！）

再び、直前で軌道を変え、背後に回りこむかと思ったが、その裏をかき、アーサーは鎧の膝当てを使っての痛烈な膝蹴りを打ち込む。

「ごっ……!?」

具足を通り越し、背中にまで衝撃が貫通するほどのダメージ。

「立派な盾だな。これなら槍兵の一撃とて防げよう……しかし、使えなければ意味がない」

わずかに笑みを浮かべながら、アーサーが言う。

「いえ、これは……ただの盾ではないので……」

しかし、ここまでは計算の内だった。

ガチャリと、盾の内側で、作動音が響く。

「む?」

訝しむアーサーが次の動きに移る前に、真田が反撃を開始した。

「射出!!」

盾に内蔵されたウィンチが勢い良く撃ち出され、アーサーを狙う。

「飛び道具が仕込んであったか? だが――」

しかし、真田の動きに気づいてからでも、アーサーの速さは、回避するには十分だった。

敵の身を捕らえることに失敗し、ウィンチは地面に激突した。

だが、それだけで終わらなかった。

「ほう?」

地面にぶつかったウィンチは、勢いを殺さず、地面を跳ね、さらに飛ぶ。

ウィンチの後部には鎖が付いており、盾内部に仕込まれた巻取器から伸びていた。

「ほほう、そういうことか……」

ウィンチは周囲の壁や地面に当たり、幾何学の模様を描きアーサーの周りを飛び、それによって展開された鎖は、さながら結界のように張り巡らされていく。

「縛!!」

そして、展開された鎖を、一斉に収束させる。

鎖はアーサーの手足に絡まり、自慢の速さを封じ込めた。

「これで……決める!!」

そこで、〝清海〟を振りかぶる。

〝清海〟には巨大なハンマー内部にブースターが内蔵されており、それ自体が巨大な推力を生み出す。

「おおおっ!!」

飛び上がり、真上から振り上げる。

〝清海〟と真田自身の重量、ブースターの推力、全てを合わせての一撃。

これが、真田が放てる、最大の攻撃技だった。

ドンッ！！！

大地を揺るがす轟音が響き渡る。

だが、手応えがおかしかった。

「なんだと……!?」

巨大なハンマーの一撃が、片手で止められていた。

「大した一撃だ、申し分ない。我が配下のラウンドたちとて、これだけの一撃を打てる者がどれだけいるか……だが、忘れてはいないか？」

アーサーの声に、わずかの焦りもない。

「我が手にエクスカリバーがあるということを」

鎖の縛から逃れた右手に握られた聖剣が、〝清海〟の一撃を止めていた。

溢れだす膨大なプラーナが、物理法則すらねじ曲げた防御力を生み出している。

「なんという……!?」

裂帛の気合を込めた渾身の一撃、それすら防がれたことで真田の中に絶望的な感覚が湧き上がる。

「さて」

ブンと、そのまま力まかせにアーサーは剣を振る。

それだけで、アーサーを縛り付けていた鎖とともに弾き飛ばされる真田。

「次は……当てるよ？」

エクスガリバーから、再びプラーナの奔流が生まれる。

先ほど放った光刃を、今度は狙って撃つということだ。

『真田、立て！　防ぐにしろ、躱すにしろ、このままじゃマズい！』

千姫が叫ぶ。

「分かっては……いるのですが………」

立ち上がってどうする。

防ぐ手立てはなく、躱したとて先回りされるだろう。

どれだけ小さくてもいい、「勝ちの目」が見えれば、それに基づき動くこともできる。

しかし、いかなる兵法も力づくでねじ伏せる、まさに「王の戦」を展開するアーサーを前に、まさに「勝ち目がない」状態だった。

「ハァッ!!」

そして、そんな真田に、アーサーは容赦なくエクスガリバーの光刃を撃つ。

「ここまで……なのか!!」

巨大盾の〝由利〟をもってしても防ぎきることは敵わないだろう。

絶対にして絶命。絶望を受け入れるしかないと思われた時、それは、現れた。

ゴンッ!!

真田の前に突き刺さった、一本の刀が、鞘に収まったままであるにも関わらず、エクスガリバーの光刃を斬り裂いた。

「なんで……私は、呼んでいないのに」

そこに突き刺さっていたのは、厳重に木箱に納め、封じていたはずのムラマサだった。

「ほう?」

突如として現れた妖刀を前に、真田は戸惑い、アーサーは興味深そうに笑う。

「我と、我が愛剣エクスガリバーのプラーナに引き寄せられたか……ふふ、無理もない、兄弟のようなものだからな」

ほくそ笑むアーサー、剣の切っ先を真田に向ける。

「主があまりに不甲斐ないので、カタナの方から来てくれたようだぞ。さぁ、抜き賜え。それならば、勝ち目、もあるだろう？」

「………！」

アーサーには、すでに真田の迷いはお見通しだった。

『真田！　オマエが迷う気持ちも分かる！　だが、今は抜く時だ！』

未だにムラマサに触れることに戸惑う真田に、千姫は叫ぶ。

先の戦いで、四万の敵兵を一撃で消し去った破壊の刃。

武人としてそれを忌避する気持も理解できるが、相手も同様の武器を持っているのだ。

『卑怯でもなんでもない！　むしろ、これでやっと互角なんだ！』

しかし、千姫の説得は、とんだ見当はずれだった。

「違うんです……この刀は、抜いちゃいけないんです………」

『なぜだ！　このままじゃ、オマエは死ぬぞ！』

「使えば、あなたが死ぬ！」

『―――!?』

真田の血を吐くような叫びに、千姫は言葉を失った。

ムラマサ——最強の力を持つにもかかわらず、妖刀と恐れられる剣。

その由縁は、長らく謎となっていたが、関ヶ原の戦いにおいての、羽獲汰城合戦で真田はその真実を知った。

ムラマサは、命を吸い取る刀なのだ。

命を奪い、それを力とし、破壊力に変える。

ただし、持ち主であるアクトではなく、合一《ごういつ》した〝姫〟の命を奪う。

「あの時、迫る敵軍を前に、私はムラマサを放った……残ったのは、灰と化した敵兵……だけじゃない！　守るべきはずだった我が城も、仲間たちも、皆その余波に巻き込まれて命を失った。そして、莉世も……！」

誰かを守るための力ではなく、平和をもたらす力でもなく、ただ己以外の全てを滅ぼす力——それが、ムラマサの正体。

真田はそれを知ってしまった。

『なんで……言わなかった……？』

「言えばあなたは、それでも抜けという」

出会って一月も経っていないが、それでも幾度かの死地を越え、真田は千姫の人となりを知った。

千姫は、強い少女だ。

しかし、その強さは危うさも秘めている。

逃げ出しても文句は言われないくらい大きな運命を背負わされながらも、それを果たそうと足掻き、受け入れている。

もし、彼女が己の命一つ使えば全てを解決できると知ったならば、その選択すら受け入れるだろう。

「これが……私の命を吸うというのなら……いくらでも使います……でも……違うんです……私はもう、あんな光景は見たくない……」

守るべきものが、守りたかったものが、全て消え去った世界。

それは多分、地獄にもっとも近い景色だろう。

『抜け、真田………！』

そこまで聞いてなお、千姫は重い声で言った。

「まだ言いますか！　ムラマサは――」

『大丈夫だ！　なんとかなる、良いから今は抜け！』

「大丈夫の根拠は！」

『ない！　ないけどなんとかなる！　頑張るから、死なないように！』

「頑張ってどうにかなる話じゃない!!」

真田は、千姫が本気で言っていると分かるだけに頭が痛くなる思いだった。

「仲が良いのはけっこうだが、抜く気がないなら殺すだけだぞ」

アーサーが再び攻撃を仕掛ける。

「くっ！」

とっさに、目の前に刺さっていたムラマサを手に取り、盾にする。

鞘に納まったままとはいえ、防げるものはそれしかなかったからだ。

「姫君もこう言っているんだ。言葉に甘えたら良いだろう」

「できる……わけ……ない！」

繰り出されるエクスガリバーの斬撃。

光刃を放つのではなく、通常攻撃ですら、一撃一撃が必殺の力を秘めている。

『ざけんな真田！　オマエと契約を交わした段階で、こっちは命賭けてんだ！　気にするな！』

その間にも、千姫は必死で、ムラマサを抜けと叫ぶ。

「気にします！」

なおも拒む真田。

「見ていて楽しいやり取りだが、さすがに付き合いきれんなぁ」

そこに、アーサーがさらに斬り込んできた。

「ぐうっ!!」

かろうじてその一撃も止めるが、止めたところから、さらに剣圧が増す。

（こ、このまま……押しつぶすつもりか!!）

アーサーの剛力ならば、不可能ではない。真田の関節が剣圧に負け、悲鳴を上げる。
「さぁ、二つに一つだ……考える時間は与えたつもりだぞ」
抜いて千姫を死なせるか、抜かずに自分が死ぬか――
（もはや、ここまで……）
真田が最悪の選択をしようとしたその時、さらなる乱入者が現れる。
『はい、ちょっと待った～』
気の抜けた声で現れたのは、聖皇の残留思念。
緊張感の無さとは裏腹に、わずかに手をかざしただけで、アーサーを弾き飛ばす。
「ほう……？　これはまた、予想外なものが……」
油断していたとはいえ、自分に抗する相手の登場に、ほくそ笑むアーサー。
『ムラマサの持ち手よ、安心しなさい。キミの思うようなことにはならないさ』
聖皇が、謎の太鼓判を押した。
「思うようなことにならないって……そんな……」
武人とは、ただおろそかに命を投げ出すものではない。
戦場において、命をもっとも的確に使うことを是とする者たちである。
そんな、根拠のない不確定な言葉に乗る訳にはいかない。
『そうか～……なら、こうするしかないかな』
言うや、聖皇の思念体は崩れ、真田の体に入り込む。

「な、なにを……？」

『なんだ？　なんだ？　なんだ!?　ま、混ざ――』

戸惑う真田。そしてそれ以上に混乱する千姫だったが、その声が掻き消える。

「な、なにをした！　彼女に！」

『落ち着きなさい。ちょっとばかり彼女には眠ってもらっただけだ……君らはどうやら、長い時の間に、ムラマサとの付き合い方を忘れちゃったみたいだからね』

プラーナの存在である聖皇の思念体が、千姫に代わって合一《ごういつ》するのが分かる。

だがそれだけではなかった。

いつの間にか、真田の手が、勝手にムラマサの柄にかかっている。

「これは……体が……」

『君の体も、少し使わせてもらうよ』

真田は必死で抗おうとするが、己の手は言うことを聞かない。

ゆっくりと、ムラマサの刀身が、鞘から解き放たれていく。

「〝Beautiful〟……！」

思わず、感嘆の声を上げるアーサー。

現れた刀身は、プラチナのように美しく輝き、神々しいまでの光を放っている。

言われなければ、これが妖刀などと、誰が思うだろう。

『さて、アーサー王、待たせたね』

「ああ、今日はなんと素晴らしい日だ！　我がエクスガリバーと交えるに相応しい剣と出会えた!!」

聖剣エクスガリバーと妖刀ムラマサが、ついに激突する。

「おおおおおっ！！！」

雄々しく号を上げるアーサー。

今までよりも遥かに強い光を、刃からほとばしらせる。

『さぁて……ムラマサの持ち手、よく見ておきたまえ……これがムラマサの正しい使い方だ』

激しく刃がぶつかり合うごとに、二つの剣のプラーナの奔流もまた、激しさを増す。

「ははははははっ!!　楽しい！　楽しいぞムラマサ！　こんなに楽しいのは久しぶりだ!!　気分が高揚する！」

己の自慢のエクスガリバーをもってしても、斬れず、折れぬ相手を前に、アーサーは戦いの歓喜に打ち震えていた。

『さて、ムラマサの持ち手……ええっと、真田だったね？』

そんな戦いを繰り広げながら、体の支配権を奪った聖皇は、真田に語りかける。

『君は勘違いをしている。ムラマサは妖刀なんかではない』

（馬鹿な！　ならなぜ、莉世は死んだ！）

全ての力を吸い取られ、遺骸すら残らなかった。

『それはね……多分、彼女は知っていたんだと思うよ。自分は適合する者ではないと』

(適合……それは、どういうことですか!?)

『理屈ではなく、感覚で、彼女は悟っていた。水が燃えないように、火が喉を潤さないように、理に則って、自分にはムラマサの力を引き出せないと分かっていた。でも、多分、君を守りたかったんだろうね。だから、その逆理のツケを自分の命で支払った』

(私を……守るため……？)

『むしろムラマサは、その彼女の想いを汲み、特例を許したと言って良い。その一部分だけを見て、冷酷な徴税人と断ずるのは、少々早計だ』

(分からない……あなたがなにを言っているのか……!!)

『うん、それはね。千姫くんなら、その資格があるってことさ。後ね……君は、「自分が死んだほうが良かった」みたいなことを言ってたけどねぇ――』

そこで、それまで温和だった聖皇の口調が、憤りを孕んだ、険しいものに変わった。

『命がけで女が守ってくれたのに、その生命を軽く扱うようなクチは二度と利くな』

(――――!?)

武人であり、数多の戦場を駆け抜けた猛者であるはずの真田でさえ、萎縮し、言葉を失うほどの迫力だった。

『さぁて、それじゃあ、見せてあげようか。ムラマサの真の力をね』

ブゥンと、振動音を響かせながら、ムラマサを構える。

数合の打ち合いで高まったプラーナの圧力は、すでに臨界に達していた。

「参る!!」

先の剣を振りかぶったのは、アーサーだった。

ほとばしる輝くプラーナの奔流、渦を巻き、激しい力のうねりを生んでいる。

「はあああっ！！！」

放たれる光刃。それまでとは比べ物にならない、視界の全てを真白く染めるほどの、圧倒的な力が解放され、撃ち放たれる。

『さて、君と話せるのはここまでだ。最後にもう一度だけ言っておく……千姫を、信じろ』

それだけ言い残すと、聖皇もまたムラマサを振るった。

刀身に、文字が浮かび上がっていく――「天」「魔」「伏」「滅」、その四文字が、金色の光を放ち四方に展開し、法円を描く。

そして、刀身自体にも変化が起こる。

柄頭が展開し、引き伸ばされ、排熱ダクトのようなモノが現れる。

さらに、鍔は四方に広がり、互いの間に磁場フィールドを発生させた。

それはまるで、強大な力を解放させるために、刀が刀以上のなにかに変貌しているようでさえあった。

『さぁ、いくか………おおおおおおおっ！！！』

聖皇は、最後の力を持って、雄々しく叫ぶ。

（お、おおおおおおおっ!!）

ただ見ていることしかできなかった真田もまた、気づけば、その光景に呑み込まれ、呼応するように吠える。

「斬！！！」

その声は、聖皇によるものだったのか、真田によるものだったのか。

撃ち放たれる、赤きプラーナの輝きを放つ、ムラマサの一撃。

「こ、これが……ムラマサ!!　素晴らしい！　Excellent!!」

迫り来る真っ赤な光刃を前に、アーサーは歓喜にも似た声で叫ぶ。

それは、後から放ったにも関わらず、エクスガリバーの光刃をも飲み込み、夜の闇を朱に染め、天まで届くほどの威力を示した。

「これが……本当のムラマサ……!?」

かつての自分が放ったものよりも、遥かに研ぎ澄まされた一撃に、真田は目を見開く。

「はっ……？」

そして、今さらながら、体の支配権が戻っていたことに気づく。

「聖皇……消えたのか……？」

元々がすでに死した者の残存思念。それが、ここまで存在を示したのだ。

もう、限界だったのだろう。

『ん……う～ん……なんだ……頭がボーッとするな……』

真田の心中に響く、千姫の声。

「い、生きてるんですね!?」

『ん？　寝起きにすごいこと聞くなオマエは!?』

もしかして、千姫の魂が奪われてしまったのかと案じていた真田だったが、その最悪の事態は回避されたらしい。

目の前には、巨人が大刀を振り下ろしたような、巨大な刃の跡が刻まれている。

知らぬ者が見たならば、ちょっとした崖かと思う規模だろう。

『なにがあったんだ……アーサーは、倒したのか……？』

「分かりません……ですが、これだけの威力、無事でいるとは考えにくい」

城一つを砕き散らせそうな破壊力。

これで無事ならば、もはや人でもアクトでもない、一種の怪物だ。

『まったく、とんでもない敵だった……ん!?』

ようやく片がついたと安堵する千姫だったが、なにかを感じたのか、声を止める。

「どうしました……？」

声をかける真田にも、千姫は答えない。

代わって、彼女の不安と、恐れの感情が流れ込む。

『なんだと……なぜ……そんな……？』

その時、異変が起こる。

地面が、震えている。

地震ではない。

もっとなにかおぞましい物が、地の底を蠢いている。

直後、それは現れる。

四天王寺の南――地面……というよりも地殻を突き破り、凄まじい勢いで、天を衝くがごとく、真黒き塔が突如として現れた。

「一夜城、とでも言うつもりか……!?」

巨大な、強大にして凶大なプラーナが、物質のあるべき形すら歪めながら、その傲慢さでもって築き上げた暗黒の塔。

「こんなものを造れるのは……」

その名を口にすることさえ、恐るべき相手。

「こんなことができるのは……!?」

あまりにも強大な、戦うと分かっていたが、もっと後になると、どこかで忌避していた相手。

千姫はきっと、その存在の波動を感じ、怯えているのだろう。

こんなことができるアクトは――

現れた巨大な塔の最上階に、そのアクトはいた。

巨大な体躯であった。彼の者の配下たる「四天王」の本多をも上回る巨体。

「アーサーすら退けるとはな……そしてムラマサが解放された、ならば、小賢しい手段は意味がない」

その者の名は、徳川——征夷大将軍を号するアクトである。

「さぁ来るが良い、真田よ、千姫よ。儂を倒さねば、〝魔王〟から解放されぬぞ？」

傍らに刺さる巨大な槍をひと撫でし、徳川は、ほくそ笑んだ。

第四章

激突

「アーサーの攻撃で、四天王寺の結界は半壊……いえ、七割滅というところです」

夜が明けて、サラから聞かされた損害の知らせは絶望的なものだった。

「このままでは、そう長く保ちません……結界が破られれば、〝魔王〟の感染者が雪崩れ込み、僧侶も避難民も、みな……」

そこから先を口にする前に、サラはうつむいてしまう。

残る末路は、殺されるか、〝魔王〟の眷属となるかのどちらかだけ。

眷属になるということは、死ぬよりもなお辛い目に遭うということだ。

「方法は、一つしかありませんか」

真田は、南にそびえ立つ、徳川が造り出した黒い塔を見る。

すでに日は昇り、もうすぐ昼という頃合いだ。

なのに、覚めない悪夢のように、黒塗りの塔は、彼らを見下ろしている。

「全てを解決するには、あの塔の上にふんぞり返っている者を倒せば良いのだろう。簡単な話だ」

そこに、昨夜の戦いの後、小休止をとった千姫が現れる。

「無理はしないでください。やはり、怖いのでしょう？」

「バカを言うな！　怖くなんかないわ！」

「目の下、クマがありますよ」

「おおう!?」

カラ元気を振り絞っているが、祖父ということを外しても、日ノ本最強にして最凶の敵が目の前にいるのだ、尋常でいられる話ではない。

「安心してください。戦の前で恐がるのは当たり前です。恐怖を認めないと、勇気も振り絞れない」

「む……」

命知らずの武者ほど、早死する。

恐怖に囚われて動けない者も。

恐れ、震え、それでも立ち向かおうとする者だけが、初めて生を掴める。

「つまり、オマエもやる気ってことだな」

「他に手はないでしょう。聖皇の言葉を信じるなら、徳川を倒しさえすれば、〝魔王〟に感染した者たちも解放される」

勝てるかと問われれば、勝率は限りなく低い。

それでも、無辜の民を「殺す」以外に救う方法があるというならば、命を賭ける価値はある。殺してしまった者たちにできる贖いがあるとすればそれだけだ。

「それにしても、あの塔、高いなぁ～……何階くらいあるんだ？」

「六十階くらいでしょうかね」

「中には、いっぱい敵がいるんだろうな……」

「おそらく、感染したアクトたちがスシ詰めかと思われます」

各地の村々に置かれた、足軽や下位武将アクトなども全て敵に回っているだろう。

総兵力がどれくらいか、考えるのも億劫になる。

「アレだけの巨大な塔です。内部に昇降設備の類はあると思うのですが、そこに行くまでに敵に抑えられれば、終わりですね」

真田を止められるようなアクトは、徳川以外にはいないだろう。

だが、圧倒的な数の差は、時に個人の強さを押しつぶす。

「なぁ……いっそ、塔に登らず、ムラマサで外からぶっ潰したらどうだ？」

千姫が、ゴクリと唾を飲みつつ問いかける。

「………それは、無理です」

あの後、再びムラマサを抜いてみようと試みた。

聖皇の言葉を信じるのならば、正しい使い方をすれば、ムラマサは天魔を滅する刀として起動する。

事実、先のアーサーとの戦いでも千姫も真田も無事だった。

「まだ私には、ムラマサを使いこなせないみたいです」

「そうか……」

なにより、また間違った使い方をしてしまえば、今度こそ千姫の身が危うい。

(千姫を信じろ、とは……)

聖皇の最後の言葉の意味がつかめず、真田は苦心していた。

「あの……お役に立つか分からないのですが……」

おずおずと、サラが手を挙げた。

「なんだ？　なにか強力な武器でもあるのか？　仏法キャノン的な」

「さ、さすがにそれは……！　ただ、使えそうなものがあるんです」

そう言うと、サラは真田と千姫を、四天王寺の一角に連れて行く。


「こ、これは………!?」

サラに誘われたのは、境内の一角にある宝物庫。

そこに置かれていたものを見て、真田は驚きの声を上げる。

「なんだ、これは？」

「これは……馬威駆《ばいく》、です」

不思議そうな顔をしている千姫に、真田は答える。

馬威駆《ばいく》――アクトは、人間を凌駕する戦闘力を誇るものの、速さに欠けるという弱点を持っていた。

戦闘時の瞬発力や身のこなしという意味ではない、巨体故に、素早く戦場を移動する「機動力」が、人間の騎馬兵に比べてどうしても見劣りする。

その穴を埋めるべく、戦術の鬼才、甲斐国のアクト、武田が考案したのが馬威駆である。

アクトの基礎フレームと同材質のシャーシに前後一対の車輪を備え、アクトが搭乗の際には、ハンドルから機力を伝導させることで、己の体を操るのと同等の感覚で操作ができた。

まさに、鋼鉄の馬。

馬威駆によって編成された騎兵部隊、「武田騎馬隊」は、日ノ本最強の軍団とも言われ、一度は徳川率いる三河武士団を三方ヶ原の戦いによって壊滅寸前にまで追い込んでいる。

「なんでこんなところに……」

驚きと同時に、疑問もあった。

最強と謳われた武田騎馬軍団だったが、度重なる合戦で馬威駆の台数も激減し、近年になって再生産が行われたものの、その殆どは甲斐国にしかないはずである。

「以前、甲斐との戦いの際に鹵獲されたものが、こちらに預けられたんです。そのまま引き取り手もなく、納められていたのですが……」

戦争の中では、様々なゴタゴタが起こり、生きているのに死んだことになったり、大量の物資が行方不明になったり、などというのは、珍しくない。

そんなものの一つと、理解することはできる。

「運が良いと、言えるのだろうな……」

ハンドルに手をかけ、真田は己の機力を流し込む。

それだけで、長きに渡って放置されていたとは思えないほど、強く、逞しい駆動音を馬威駆は奏で始める。

「行ける、これなら！」

「おおっ！」

わずかではあるが、勝率が上がったことに、二人は喜びの声を上げた。

そして一刻後——二人は、ついに黒き塔に向けて、出陣の準備を遂げる。

「すごいな、フル装備か？」

「出し惜しみをして勝てる相手じゃないですしね」

真田の姿を見て、千姫は感嘆の声を上げる。

残る「十勇士」の全て——増加装甲の〝穴山《あなやま》〟、背部装備型カノン砲〝筧《かけい》〟、左右の肩部には四連装型ロケットランチャー〝望月《もちづき》〟を装備している。

腰には銘刀〝才蔵《さいぞう》〟、両腕には収納状態の〝猿飛《さるとび》〟、手には戦斧〝伊佐《いさ》〟。

両脚には、手持ち武器として〝根津《ねづ》〟と〝海野《うんの》〟をセットしている。

さらに騎乗する馬威駆には、大型盾〝由利《ゆり》〟と推進機付きハンマー〝清海《せいかい》〟を装着させ、装甲と推力を強化している。

「さしずめ、フルアーマー真田……いや、パーフェクト真田？　ヘビー真田ってのはどうだ？」

「別にこの状態の名称は決めたことないですが、どれも嫌ですね」

千姫の案を、やんわりと、それでいて断固として拒否する。

「あの……『真田丸』というのはどうでしょうか？」

そこに、サラが提案する。

古来より、城の防壁を固めた箇所を、「丸」と名づける。

防御攻撃を兼ねた今の姿は、まさに動く城塞と言えよう。

「う～ん、チョイ地味じゃないか？　ここは、やはりボクの考えた、アルティメット真田で
……」

「真田丸……。良いですね！　それ、いただきましょう」

さらに変な名前を付けられるよりも先に、サラの案を採用する。

「さて……じゃあ、行きますか！」

「ああ、行くか！」

合一《ごういつ》を果たし、プラアクト化する真田と千姫。

馬威駆に跨がり、原動機を発動する。

馬の嘶きにも似た駆動音が響き、馬威駆の車輪が回転を始める。

「いざ！」

『出陣!!』

もはや、考えても仕方のない。

目の前の死地にも似た戦場に、二人は颯爽と進撃していった。

「ご武運を……」

そんな二人を、サラは静かに、見送る。

「…………………」

しばし、二人の向かった先を見つめ続けるサラ。その姿が見えなくなったところで、それまでとは違う、冷たい声で呟く。

「生きて……帰って来られれば良いがな」

その声は、誰も聞く者はいなかった。

それどころか、一陣、風が舞った次の瞬間には、彼女の姿は掻き消えていた。


〝魔王〟に感染したアクトたちは、理性を失い、獣も同然に成り下がった。

しかし、元は戦いのために生み出された者たち。

しかも〝魔王〟の支配下に置かれたことで、彼らは傀儡と化し、体に染み込んだ戦闘の記憶のみで戦闘態勢をとっていた。

『先鋒部隊といったところか……』

馬威駆に跨がり、高速で黒き塔に迫る真田たちを迎え撃つように、足軽アクトたちが長槍を構え、横列を組んでいる。

槍衾《やりぶすま》――歩兵の基本戦術にして、〝騎馬殺し〟とも言われる陣形である。

身の丈の二倍はあろう槍を水平に構え、敵の突進力をそのまま貫通力に変える。

『あそこまで横いっぱいに広がられては、曲がることもできんぞ！』

叫ぶ千姫に、真田は冷静に答える。

「ええ、そうでしょうね……ただの馬ならば、そして、ただの騎馬兵ならば!!」

ヴオン!! と、激しい嘶きを上げ、真田は足軽アクトの横列直前で前輪を地面から浮かせた状態で馬威駆を加速させる。

さらにそのまま、跳ね上がるようにジャンプした。

「ガガガ……ギギ……!?」

困惑する歩兵たち。

〝魔王〟の感染で理性を失ったというだけではない。

そもそも歩兵というものが、集団で定められた動きを忠実に実行することで、強さを発揮する者たちなのだ。

逆に言えば、不測の事態への対応が遅い。

「はぁっ!!」

一飛びで槍衾の飛び越えると、先端の歩兵を踏み潰し、さらに勢いを付けて敵陣を中央から蹂躙していく。

乱戦となれば、長い槍は却って邪魔になる。

真田を狙ったつもりが、同士討ちを発生させていく。

「おおおおっ!!」

それでも状況を判断し、手回しの利く刀に持ち替えて襲ってくる兵たちを、ある者は〝才蔵〟で斬り捨て、ある者は〝猿飛〟で斬り裂きながら、敵陣を走破していく。

「このまま一気に！　止まらず進みます!!」

今の真田の最大の武器は、突進力である。

それを失えば、一瞬で終わる。

「いっけぇっ!!」

ついに、第一陣を突破。

黒き塔の入り口の前に着いたというところで、次なる軍勢が待ち構えていた。

『鉄砲隊!!』

長銃を構えた兵士たちが、陣を張っていた。

それらが、真田の姿を見るや、一斉射撃を行う。

重なり、響き渡る銃撃の音。

真田一人を倒すため、その後ろにいる足軽アクトごと撃ち放った。

「この程度の豆鉄砲！」

しかし、真田は回避運動を取らない。

手持ち武器を戦斧〝伊佐〟に持ち変えると、伊達との戦いでも放った旋風の一撃を展開し、
それを傘として、銃弾の雨を防ぐ。

「目には目を、歯には歯を!!」

背部に装着した、キャノン砲〝筧〟を展開する。

「てぇーっ!!」

火砲が撃ち放たれ、直後、鉄砲隊は吹き飛ばされる。

『さすがだな……真田、オマエここまでできるヤツだったんだな！』

群がる雑兵を、まさに獅子奮迅の活躍で薙ぎ払っていく真田の姿に、千姫はあらためて感心する。

「安心してください、あなたのおかげでもあります」

『ほえ？』

「どんな強力な武装でも、連続して使い続けるにはプラーナが必要です。あなたがいなければ、こんな戦い方はできなかった」

あらためて驚いているのは、真田も同様だった。

アクトの武装は、体の一部である。

鎧も刀も、プラアクト化することでプラーナが流し込まれ、強度と破壊力を倍増させる。

「十勇士」の装備全てと馬威駆、そして真田自身に膨大なプラーナを供給し続けながら、まったく疲弊を感じさせない千姫も、十分に規格外な強さであった。

(もしかして、彼女のこの膨大なプラーナが、ムラマサに必要なものなのか……？)

未だに聖皇の最期の言葉に、正しい意味を見出せない。

『いくぞ、真田！　本丸に突撃だ！』

そんな真田をよそに、千姫はさらに勢い付いていた。

黒き塔の内部に突入する真田。

一階部分は、大きな吹き抜けとなっており、ここだけで十階分はスペースを使っている。

「……ガガ……ギギ……」

「ガロガ……グゴ……」

ガシャリガシャリと、迎えるように現れる甲冑の武者たち。

「今度は、侍アクトですか……」

大量生産タイプだが、足軽アクトや鉄砲兵アクトと違い、装甲も武装も段違いである。

『どうする……そうだ！　さっきの大砲ぶちかませ！』

「いえ、さすがに弾数が足りませんし、キリがない」

この後の徳川との戦いに、武装は少しでも温存したいところである。

（なにか使えるものは……）

周囲に目を配る真田。

地の利を持って天を覇する――兵法の基礎の一つである。

「あれは……？」

視界に壁に備えられた、階段が映る。

フロアを全周する形で備えられたそれは、塔内部を巡る、巨大な螺旋階段。

「行きます！」

馬威駆のアクセルを吹かし、鎧武者の一軍に突撃をかける――とみせかけ、直前でターンし階段を目指す。

『逃げるのか!?』

「いえ、さすがに数が多い、逃げきれない」

車輪を段差に噛ませながら階段を駆け上がる真田の後を、鎧武者たちが追ってくる。

階段の幅は決して広くない。アクトならば、三機も並べば一杯になるぐらいである。

自然、縦列を組んで追いかける形になり、限界まで引き付けたところで、真田は肩部のロケットランチャー〝望月〟を天井に向かって放った。

ミサイルで砕かれた天井の瓦礫が一気に降り注ぎ、階段で逃げ場のない鎧武者たちを襲う。

ある者は瓦礫に潰され、ある者は階段から階下に落下し、さらに重量によって階段自体が崩壊し崩れ去る。

「ゴオオオ……………」

無数の侍アクトたちは、地獄に落ちていく亡者のような声を上げながら、潰されていった。

『はぁ～、大したもんだな』

「敵を、こちらの有利な場所に引きつけて倒す……これも兵法の基本です」

真田たちは、一足早く階段を登り切り、中階に繋がる昇降機の前に退避していた。

『いよいよここからが本番だな』

「ですね……」

階下の雑兵たちなど、この先にいる者に比べれば問題にもならない。

ゴクリと、唾を飲むと、二人は昇降機に乗り込み、上の階を目指した。

一方——真田たちが突入したのとは逆方向から、黒き塔を見つめるアクトの影があった。

『どうするのだ……？』

アクトと合一《ごういつ》している〝姫〟が、返ってくる答えを分かっていながら、あえて問う。

「俺が、助けに行く義理はない」

感情を押し殺した声で、アクトは答える。

『そう……』

予想通りの答えに、〝姫〟は、少しだけ悲しい声で返す。

『ならば、とっととこの場を離れたらどうだ？　いても意味はなかろう』

その悲しみが、イラ立ちに変わり、やや皮肉めいた言葉を投げ付けさせる。

『それともいっそ、徳川様にお味方するか？』

「………もうしばらく、様子を見る」

アクトはそれ以上答えず、再び、ジッと黒き塔を見つめ続けていた。


昇降機が止まり、扉が開く。

塔の中層階——表示では四十階と示されていた。

『直通じゃないんだな』

「最上階は本丸も同然。攻められぬように、門を備えるものです」

『なるほど、そして門番はアイツか……』

四十階は、巨大なステンドグラスが飾られた、まるで異国の聖堂のような作り。

その部屋に似つかわしい、一機のアクトが待ち構えていた。

「まさか、生きていたとは……」

「確かにムラマサは〝Excellent〟な刀だと認めるが、我がエクスガリバーとて、無双の聖剣であることを忘れてはならない。無礼だぞ?」

白銀の鎧を纏うアクト、アーサーがそこにいた。

相殺こそしなかったものの、エクスガリバーはムラマサの一撃の大半を防いだのだろうが、余波だけで大地を刻むほどの破壊力を耐え切ったのは、アーサー自身の怪物じみた堅牢さもあってのことだろう

『非常識な……!』

口惜しそうに吐き捨てる千姫。

「ふふふ、言ってくれるな。だが、完璧に無傷とはいかなかったようでね」

皮肉を軽く受け流し、アーサーは鎧の胸元を指差す。

そこには、小さなヒビが走っていた。

「アヴァロンの加護を得し我が聖鎧を傷つけたのは、君たちが初めてだ」

相当に予想外の事態だったのか、楽しげに笑っている。

(ここでこのアクトが現れるとは……)

勝てる可能性が少ないという意味では、徳川同様に厄介な相手である。

（あのムラマサの力を持ってして倒しきれなかった相手……たとえ勝てても、その後に徳川と戦って勝ちを拾える確率は……）

限りなく、ゼロ――

「さぁ、再開と行こうか、真田。我も盟約があるからな、君らを易々と行かせてやるわけには行か――」

アーサーの笑みが、消えた。

背後のステンドグラスに彩られた、異国の聖人の姿。

そこに重なるように、翼を広げた巨大な鳥のような影が映る。

「おっしゃあああっ！！！」

雄叫びを上げ、ステンドグラスを突き破り現れたのは、青き具足を纏いしアクト――伊達だった。

「だ、伊達!?」

『なんだオマエ、帰ったんじゃないのか……えっと、田舎に』

突然の乱入者に、真田も千姫も驚く。

「田舎言うんじゃねぇ！　仙太威はアレだ、その、立派な地方都市だ！」

見れば、伊達も見たことのない騎乗兵器に乗っている。

これで宙を飛び、一気にここまで現れたらしい。

「それは、馬威駆、ですか……？」

『おほほほほ、アクトの機動力を上げるべく、新兵装を開発したのは、武田だけでなくってですわよ！』

真田の問いかけに、愛姫が得意満面に答える。

『奥州の総力を上げて生み出した、飛行能力を持つ可変式騎乗兵装——その名も竜騎兵！』

「奥州の科学は、日ノ本いちぃいいいいいいい!!」

伊達の所領の奥州は、上杉が治める越後の国と近い。

越後には、武田が馬威駆を開発して対抗せねばならなかったほどの強力な、馬型アクトが存在する。

奥州もそれに対抗すべく、独自の技術開発を行っていたのだろう。

「い、いったい、なにをしに来たのですか…？」

「は！　聞いたぜ？　この最上階に徳川がいるんだろ？　ってこたぁオメェ……そいつの首を獲れば、オレ様めでたく天下人じゃねぇか！」

本来なら大軍を率いてくるはずの相手が、単身で敵地にいるのだ。

いかに日頃は中立を気取ろうが、これだけのチャンスを逃せるわけはない。

「据え膳食わぬは男の恥ってな！　大将首が目の前にあんのに来ねぇわけにゃ行かねぇよ！」

ガハハハと、豪快に笑う伊達。

「……どこの道化師だ？」

そこに、冷たい、不愉快そうな声で、アーサーが言った。

「我は今、真田との戦いを楽しまんとしていたのだ。それを割って入るとは……下郎め」

「アアン？　ゲローだぁ……この奥州王をゲロ呼ばわりたぁ、どこのどいつだ、テメェ」

ギロリと、伊達は睨み返す。

「好機と見るや節操もなく招かれてもいないのに現れる……そんな所業を行う蛮族に、誇り高き我が名を名乗る気はないな」

「蛮族……テメコラ、今オレ様のことを蛮族って言いやがったか？」

二人の間に、険悪な、そして激しい闘気がうずまき始める。

「どこのどいつか……まあいいや、どうでもいいわ。オレ様をコケにするやつぁ、とりあえずシメるってキメてんだ」

「猿が半端に人の言葉を話せるからとて、つけあがるな」

いつの間にやら、両者ともに近づき、熾烈なにらみ合いを始めている。

『お、おい……おまいら……？』

一触即発の空気に、恐る恐る声をかける千姫だったが、伊達が吠えるように答える。

「おう、真田の！　このイケ好かねぇのはオレがブチのめすって決めたんでよォ、オメェらは邪魔だからどっか行けや！」

「ば、バカを言うな伊達！　そのアクトの強さは異常だ！　いくらお前でも、一人で倒せる

相手じゃない！」

まだ自分とともに二機で戦うのならば、いくらか勝率も上がる。

真田はそのつもりで止めようとするが、それすらも断じて切られる。

「やかましぃ!! ケンカってのはタイマンが一番なんだよ！」

それ以上話すことはないと、伊達は二刀を引き抜き、アーサーに挑みかかる。

「ふん、貴様ごとき、我が聖剣を抜くまでもないわ!!」

刀を手甲で受けると、高速の剛拳を繰り出し、アーサーは正確に伊達の顔面を穿つ。

「ごはっ!? ちぃ……ジョートーだ、コラァ!!」

だが、その程度ではわずかにも闘気は失わず、伊達はさらなる反撃を繰り返す。

「無茶だ……」

真田は、一度戦っただけだが、それでも伊達の強さはよく分かっている。

決して侮っているわけではない。素晴らしい豪傑だと思っている。

それでも、アーサーに敵うかと言われれば、怪しい。

「良いから行けっつってんだ！ 徳川の首は、テメェにくれてやっからよぉ！」

戸惑う真田に、伊達が叫んだ。

「伊達……！ お前、そうか……」

伊達は傾奇者なところはあるが、愚か者ではない。

むしろ、豪快短慮に見えて、その実、真田にも負けぬ優れた兵法家だ。

「魔王から下のヤツら解放するにゃ、徳川を倒すしかないんだろ！　なら、ムラマサ持ってるテメェの出番だ！　これ以上言わせんな！」

むしろ彼は、冷静に、正確に、的確に、現状を把握していた。

誰が先に行くべきなのか、誰がなにを成すべきなのか。

「お前は、私を先に行かせるために、ここに来たのか……!!」

日ノ本の天下を取ると号したアクトが、あえて開いた花道。

進まねば、これ以上の無粋はない。

「感謝する、伊達！」

「おうよ！　一生恩に着やがれ！」

背中越しに伊達の不敵な笑みを感じながら、真田は最上階への道を進む。

「……ただの蛮族ではなかったか？」

感情任せかと思ったら、意外に冷静で的確な判断力に、アーサーはわずかに考えを変える。

「当たり前ェだろ……オレを誰だと思ってやがる。天下御免の独眼竜だぜぇ！」

ぱちんと、伊達が指を鳴らすと、竜騎兵に搭載されていた巨大な十字架が射出され、床に突き刺さる。

「……？　自分の墓標を用意してきたのか？」

「バーキャロイ！　これは……テメェのための十字架よ」

訝しむアーサーに、伊達は不敵に笑うや、両手の刀をそれぞれ巨大十字架の横部分に差し込むと、それが鍵となっていたのか、仕掛けが発動し、中央部が展開、巨大な十字架はそのまま巨大機関銃に変形した。

「なんと……!?」

これには、アーサーも驚きの声を上げる。

「喰らえや、これが伊達名物、鉄砲騎馬の真髄よォ!!」

ガゴンと、十字の中央に備えられたトリガーを引くや、撃ち放たれる毎分千発以上の弾丸が響かせる発射音は、まさに鋼でできた魔獣の咆哮であった。


五十六階……五十七階……階段を上る、真田と千姫。

進めば進むほど、圧倒的なプラーナを感じる。

この世のものとは思えぬ、巨大で強大で、そして凶悪なプラーナ。

五十八階……五十九階……もはや、千姫もあえてなにも語らない。

この先に待つ者との戦い。避けられぬそれを、全力で受け止めるのみ。

そして、六十階——

ついに真田は、塔の最上階に到達する。

「来たか。思ったよりも、早かったのう……千姫よ」

座している巨大なアクト、徳川。

『お久しゅうございます、お爺上……』

応える千姫。彼女にとっては、十年ぶりの、祖父との再会であった。

「お前には苦労をかけた……もう良いぞ。帰ってくるが良い。豊臣を滅ぼすのに、お前がいては邪魔なのでな」

徳川の声は、まるで洞穴を吹き抜ける風のように、不気味に響く。

その一言一言が紡がれるたびに、真田には、千姫の恐れが、伝わってくる。

『できません！』

しかし、同時に、その恐れを拒む、強き意志も生まれていた。

『〝魔王〟によって、世は乱れ、人は人であることを失い、獣と化して殺し合いを繰り返す……このままでは、泰平の時代など永遠に訪れない』

彼女が今まで見てきた、〝魔王〟によって暴走した人々の姿。

それは、もう、正気の沙汰ではない。

「人は醜きものだ。放っておいても殺し合いと奪い合いを繰り返す。そういうものだ。〝魔王〟などいなくとも、歴史は変わらんぞ？」

『かもしれません……』

〝魔王〟が干渉するまでもなく、天下は乱世が続き、同じ空の下で今も戦い続けている者がいるだろう。

『されど、人の世のことは、人が決めること！　人外の者が干渉して良い道理はない！』

乱れた世界でも、人が人である限り、その中で平穏と平和を求める心は育っていく。

だが、人でなくなってしまえば、それすらもない。

『恒久な平和など不可能かもしれない。でも、それを求めようとする心がなくなれば、真に世界は闇に染まる、それだけは絶対に防がねばならないのです！』

「下らぬ戯れごとよ」

『これは、幼きボクに、あなたが言ったことだ！』

人の世を取り戻せ——民を愛し、家臣を愛し、平和を願っていた、千姫の知る徳川の言葉を、目の前の徳川は否定した。

「是非もなし……仕方がない、殺してやろうぞ、千姫よ」

言葉とは裏腹に、徳川は、ニタリと、不気味に笑った。

「徳川殿……お久しゅうございますね、真田でございます」

戦斧を構え、馬威駆を駆動させ、真田は武人の礼として、語りかける。

「今日ここで、あなたを討たせていただく！」

言うや、勢い良く駆け出し、高速で徳川に迫る。

「御免!!」

先手必勝とばかりに、最大火力を、惜しみなく撃ち放つ。

〝筧〟のカノン砲、さらに〝望月〟のミサイルランチャーを乱れ撃つ。

狙いはつけていないが、これだけの巨体、ただ撃つだけでも命中する。

巻き起こる爆音、爆発、爆炎。

徳川は避けもせず、ただされるがままにそれらを正面から受ける。

城壁すら砕けそうな火力の総攻撃にも関わらず、ビクともしない。

だが、最初からこれで終わるとは思っていない。

「おおおおおっ！！！」

戦斧を高速で回転させ、嵐の一撃を繰り出す。

「ぬっ!?」

効かない——躱す間も与えず、正確に胴に食らわせた戦斧〝伊佐〟の一撃。

まともに当たれば、雑兵クラスのアクトなら三体まとめて斬り裂けるほどの破壊力のはず。

それが逆に、〝伊佐〟の方が刃の付け根からへし折れた。

「ここまで……!?」

強いだろうとは理解していた。

それでも、防がれるでも躱されるのでもなく、ましてや攻撃を喰らうのではなく、ただ攻撃をしたこちらがダメージを受けたということに、戦慄を覚える。

「だが……!!」

それでも、真田の心は折れない。

強い敵だということは分かっている。戦場では不測の事態は当たり前。

持ち得る全てを使い、勝ちの目を掴み取るのみ。

「まだまだぁ!!」

馬威駆を唸らせ、死角を縫うように旋回。

そして、後方に回ったところで、馬威駆に増設した〝由利〟のウインチを射出、鎖を絡ませ、それを一気に巻き取ることで徳川の頭上にまで跳ね上がる。

自重の全てを使い、さらに〝清海〟のブースターを発動させての、強力な体当たりを食らわせる。

千兵の陣すら砕く突進力。

そのはずなのに、徳川には微塵もダメージが与えられない。

「ならば！」

脚部に装着した刃、〝海野〟〝根津〟の二刀を抜く。

〝海野〟は装甲貫通能力に長け、〝根津〟は隙間を縫っての刺突に長けている。伊達の時にはあのような使い方をしたが、本来は重装甲の敵にもっとも有効な武具なのだ。

「チェスト!!」

二刀を振りかざし、鎧の継ぎ目、隙間を狙い、猛攻を繰り出す。

「嘘だろ……」

だが、結果は絶望だった。

鋭く研ぎ澄まされた二刀が、刃こぼれし、へシ曲がっている。

「急所すら意味がない……」

人は石垣、人は城と、彼がかつて仕えし武田は言った。

それは人の結束は城にも勝るという意味であると同時に、人体と城は似た性質を持つという、戦場哲学の表れでもあった。それは人型であるアクトにも同じことが言える。

いかなる盤石に見える城でも、必ず攻める隙があるように、アクトにも必ず、隙がある。

あるはずなのだ。

それが、ない――

(ここまでなのか、徳川!!)

天下人の魔神のごとき堅牢さに、真田は愕然とした。

「小賢しい」

一言、徳川が呟くと同時に、その太い腕をぶんと振る。

羽虫を追い払うような、力任せの一撃。

「があっ!」

それだけで、真田は馬威駆ごと、弾き飛ばされる。

「この程度か、真田……もう少し歯ごたえがあると思ったのだがな」

ゆらりと、徳川が一歩踏み出す。

それだけで、世界全てが歪んだかのような、圧迫感が襲う。

「その程度ならば、生きていてもしようがなかろう」

そして、地面に突き刺していた、槍を引き抜く。

巨大な槍であった。

ただでさえ巨体な徳川が持っても、なおも余る程の大きさ。

柄も長大ではあるが、刃の長さだけで通常の長刀よりもなお長く、そして太い。

「我が愛槍、御手杵《おてぎね》を持ってして、斬り潰してやろうな」

御手杵《おてぎね》——杵とは言ったものである。

これだけの大きさ、これだけの刃、もはや斬るというよりも、万象万物を叩き潰す巨大なハンマーに等しい。

ゴウッと、徳川の背中のマントがひらめく。

否、それはマントではなく、巨大な黒い翼だった。

まるでカラスのように真っ黒な、禍々しい翼。

「終わらせて、やろうなぁ……」

同時に、御手杵に充填される禍々しい黒いプラーナ。

周囲の全てを、光さえも吸い込む暗黒星雲のようなそれが、振り上げられ、そして、放たれる。

死神がいるというのなら、きっとこのような姿に違いない。

真田は、心からそう思った。


四十階——激戦を繰り広げる、伊達とアーサー。

「なんてデタラメな野郎だ……」

数千発の弾丸を全て撃ち尽くしてなお、白銀の鎧には、傷一つ付いていない。

「そんな醜き力では、我には届かぬな」

下らなそうに呟くと、アーサーは拳を構える。

「やべぇ！」

素早く二刀を構え、防戦しようとした伊達だったが、それすらもアーサーには遅く感じるものだった。

「ごはっ!?」

伊達が気づいた時には、すでに肉薄していたアーサー。

そのまま掬い上げるような拳を顎に食らわせ、伊達の体を大きく反らせる。

「その程度で我にわずかでも敵うと思ったその甘い妄想が、我に対しての最大の侮辱よ」

さらに膝蹴りを打ち、くの字に曲げたかと思うと、その背中に肘を叩き込む。

「────!!」

連続攻撃を前に、伊達はうめき声すら上げられず、地に叩きつけられる。

そこに、ダメ押しとばかりに、アーサーは頭部を踏みつける。

「下郎が……この戦いに、お前のような者の居場所はない」

傲岸なまでに勝ち誇るアーサーを前に、伊達は反撃の緒も掴めない。

『伊達！　起きなさい！　死んだなんて言わせませんわよ！』

必死で奮起をうながす愛姫。

「ちっ……ガタガタ騒いでんじゃねーよ、愛……ここからがカッチョいい挽回のターンだろうがよ……」

立ち上がろうとする伊達、押さえつけるアーサーの足を払おうとする。

「ふん……」

そんな伊達を、アーサーは下らなそうに蹴り上げた。

「がはっ……」

「どうした、挽回するのだろう？　反撃しないのか？」

あざ笑い――ではない。

淡々と冷酷なまでに相手を見下す、頂上に立った者の顔だった。

「分からねぇ……そこまでの力を持つヤロウが、なんだって徳川の犬になってやがる」

ここまでの戦いを繰り広げ、伊達にはどうしてもアーサーの真意が分からなかった。

「テメェは〝魔王〟に感染しているわけでもねぇ。それだけの力があれば、徳川に対抗することもできるだろうがよ……」

それはここにいない真田も疑問に感じたことであった。

「言うまでもない。同盟を結んでいるのでね。盟約に従い、我は我の欲するものを得るためにその代償として力を貸しているだけだ」

しかし、まだ説明がつかない。

徳川の力は強大だが、それでもまだ日ノ本を完全に手中に納めているわけではない。

今のままでも徳川は豊臣王朝を滅ぼせるだろうが、もしも、諸国の王たちが王朝の前に結集すれば、事態は分からないのだ。

「少なくとも、今すぐにテメェのいるブリテンまで徳川は出兵できねぇ……ってことはだ、テメェは徳川が天下を平らげてから自分の欲しいものを得るしかねぇ……随分と間抜けな、気の長ぇ話だよ」

「口の減らない男だな。さっさと死ね」

立ち上がる伊達。足元はふらつき、よろめき、停めていた竜騎兵にもたれ掛かる。

天下御免の奥州王を名乗りしアクトが、みっともない姿だった。

「だがよ……一つだけ考えられるものがあるんだよなぁ……オレ様の予想が正しけりゃあ……これで全てが説明がつく」

「愚者のたわ言を聴く趣味はない。引導を渡してやる」

ゆっくりと、アーサーが近づく。

一歩、二歩、三歩——確実に自分を殺せるアクトを前にしながら、伊達は笑っている。

「なぁ、ブリテンの王様よ？　アンタが盟約を結んだ相手ってなぁ……いったい、どっちの徳川だい？」

「————!!」

アーサーの目が、驚きに見開かれた。

「キサマ……それは……!?」

「隙ありだぜ！　竜騎兵、モードチェンジ!!」

伊達が叫ぶや、それまで沈黙を保っていた竜騎兵が浮上。そして龍型に変形する。

双爪をたて、牙をむき出しにした単眼の龍が、伊達と合体する。

「オレ様最強仕様！　独眼竜モードよ!!」

弱った姿をしていたのも全て演技——絶対の一撃を喰らわせるため、必勝の間合いに呼びこむためのフェイクだった。

「くっ！」

アーサーの顔に、初めて焦りが生まれる。

「喰らえや、ドラゴンブレス！！！」

龍の顎が開き、光撃が放たれる。

剛力と神速に、頑強な鎧——全てのスペックは、アーサーの方が上。

ならばハッタリを仕掛け、心理的な隙を作る。これが伊達の兵法だった。

「愛！　ありったけのプラーナをぶち込んでやれや!!」

『がってん承知ですわ!!』

愛姫の全プラーナを込めた、烈光の一撃。

「こ、この、程度で……！」

その直撃を浴びながら、なおも堪えるアーサー。

「もういっちょおお!!」

そこに、伊達はダメ押しとばかりに、二刀の刃を一点に撃ち放つ、背面十字斬りをブチかます。

「ごっ――――!!」

「とったぁあああっ!!」

伊達の刃が、ついに、アーサーの鎧を貫いた。


一方、塔の最上階――

『真田！　真田！　しっかりしろ真田！』

「うっ……ああ……うん……まだ生きていましたか……」

御手杵の圧倒的な破壊力。直前にかろうじて回避運動を取ることをできたが、直撃こそは避けられたものの、躱しきることができず、しばらく気を失っていたらしい。

「どれくらい……寝ていましたか……」

『数秒だ……安心しろ』

「なるほど……」

戦場なら、死ぬには十分な時間。

徳川がなにもしてこなかったのは、幸運と思うよりも、不気味さのほうが際立つ。

現状を、再確認する。

手足は軽微なダメージはあるが、まだいうことは利く。

しかし、武装の大半が、破壊もしくは使用不能にされてしまった。

増設装甲の〝穴山〟も自分の身代わりになったように破壊されている。

さらに、馬威駆も二つに砕かれ、完全に使用不可能である。

すでに使いものにならない〝伊佐〟〝根津〟〝海野〟も合わせ、残る武装は手甲の〝猿飛〟と〝才蔵〟の刀くらい。

「もはや、ここまで、だな」

真田に代わり、現状から導き出される勝率の皆無を、徳川が告げた。

「真田よ……お前ほどのアクト、殺すには惜しい。我が一撃を受けながら、死なななかっただけで大したものよ」

徳川が、手を差し伸ばす。

その手の先から、鎧の隙間から、真っ黒な泥のようなものが溢れだす。

〝魔王〟——全てを狂わす、根源の邪悪。

「〝魔王〟を受け入れよ……お前ならば、正気を完全に失いはせんだろう。暴虐と破壊に身を任せ、欲望のままに生きるのだ。楽しいぞ？」

徳川が止めを刺さなかった理由は、このため。

真田を自己の幕閣に入れる、最後の籠絡のため。

「一つ……問います」

「なにか？　欲しいものならばなんでもくれてやろう。所領も褒美も望むままぞ？」

「もし、あなたの元に千姫様をお返しすれば、お命は、保証していただけるのですか？」

『なにを言っているオマエ!!』

千姫が叫んだ。

かつて、自分とともに歩んだ〝姫〟を失った真田にとって、死にも勝る苦痛は、「自分のせいで誰かが死ぬこと」――それを恐れる真田は、時に自分の命すら軽んじる。

『まだオマエは、ボクのことをそんな風にしか見てくれないのか!!』

結局、真田は自分の庇護者で、自分は真田のお荷物でしかないと言われたようで、千姫は悔しく、辛く、悲しかった。

「無論だ……その娘は、希少な種でな。生まれつきプラーナの含有量がケタ外れなのだ」

徳川が、下卑た笑いを上げる。

「それだけの者、無駄遣いはできぬ……我が身の一部となり、我にさらなる力を供給してもらう……なぁに契約など〝魔王〟の力で、どうとでもできる」

『なっ……』

千姫は、プラーナ化していながら、おぞましさのあまり総毛が立った。

目の前の徳川が、すでに自分の知る者でなくなったことは理解していた。

だが、それでも、祖父と思った相手に、喰われる恐怖を感じるとまでは、考えもしていなかった。

「安心せよ、真田。お前には新しい〝姫〟をあてがってやる。使い潰しできるよう何人でも好きなだけ持って行くが良い」

人間を、命を、道具としか見ない存在が、そこにいた。

「そうですか……それを聞いて、安心しました」

『真田！』

真田の返答に千姫は悲痛な声を上げた。

それでも、止めるのは酷な話なのかもしれない。

圧倒的すぎる徳川の力に、屈するなと、最後まで抗えと、しかも勝てなど、最初から無茶な話だったのだ。

「千、君に頼みがある」

『え……？』

千姫は、我が耳を疑う。

初めて、真田が自分を、名前で呼んだ。

今までずっと、「あなた」と、どこか他人行儀なところを崩さなかったのに。

「私とともに、死んでください」

言うと、真田は崩れた馬威駆の中に収納していたムラマサを取り出す。

『オマエ……持ってきていたのか……？』

あれだけ使うことを忌避していたムラマサを、真田は初めて、自らの意志で手に取った。

「私は、まだこれの使い方を正しく身に付けていない。使えば、千を殺してしまうかも知れない。もしそうなったら……」

ずっと、真田は悩んでいた。

ムラマサを使えば千姫が死ぬ——それだけではない。

徳川の姫君として生まれ、物心もつかぬ内に豊臣の姫君とされ、〝魔王〟と対する宿命を背負わされた。

彼女を戦いの場に置くことが、果たして正しいことなのかと、ずっと答えが出せなかったのだ。

小娘一人に全てを押し付けて、なにが平和だ、太平だと。

それではまるで、千姫はただの生け贄ではないかとずっと悩んでいた。

「その時は、私もこの刀で腹を掻っ捌く！」

しかし、真田はようやく決意する。

全てを背負い、なおも膝を折らぬこの少女のために、自分の命を使おうと。

「私は、天下を救うなどと、大それた真似のできる者ではありません。でも、それを成したいと願う千の刃にならなら、なってみせます」

それが、真田が見出した覚悟だった。

『バカなことを言うな……誰がオマエなんかと死んでやるか……』

「………！」

だが、千は震えた声で返す。

『一緒になんか死んでやらん……勝って……一緒に生きる！　それなら、応じてやる！』

「なんとも……」

真田は、小さく苦笑いをする。

(死することすら簡単には許さぬワガママ姫か……私が生涯をかけるに相応しい相手かも知れませんね)

「分かりました！」

胸を張って、真田は応える。

ここにおいて初めて、二人は形だけではなく、アクトと〝姫〟として、真に命をともにする者としての契りを交わした。

「戯れごとは終わりか……？　つまり、二人まとめて殺されたいということか!!」

御手杵を振りかざし、徳川が迫る。

「人の話を聞け、征夷大将軍……私は死なん！　あなたに勝つ！」

振り下ろされた一撃をかわし、床を駆って、槍使いの死角である左後方に回る。

「ちょこざい!!」

その動きを読んでいた徳川が、横薙ぎに槍を払う。

しかし、それはまた、真田の予測の内だった。

「はぁっ!!」

素早く上方に飛び、一撃を躱すと同時に、ムラマサを抜き、一刀を叩き込む。

「ごおおっ!!」

今までいかなる攻撃も効かず、むしろ使用した武器が壊れていた徳川の体に、初めて傷がつく。

『おおっ！』

歓喜の声を上げる千姫。

「鎧に傷をつけた程度で、意気あがるな!!」

激怒する徳川、豪腕を振るい、真田を吹き飛ばそうとするが、それらのことごとくを、真田は躱す。

「なにぃ!!」

「お忘れか？　先までの私は重装甲形態だったのです！　身軽になった分、身のこなしも良くなっている！」

「それは当たれば一撃で終わるということであろうが！」

「ならば当たらなければ良いだけの話！」

繰り出される徳川の攻撃を、真田は全て紙一重でかわし、隙を突いてはムラマサの刃を繰り出し、攻撃を加えていく。

蝶のように舞い、蜂のように刺す――見事なヒット・アンド・アウェイであった。

戦いにおいては常に「勝ち目」を探し、それに向かって最適な戦いを実行する、それが真田の兵法。

今までは武器が通用しなかったため、目を見つけることができず、手も足も出なかった。

だが今は違う。

ムラマサという確実なダメージを与えられる武器を持った以上、それに即した戦術を組み上げることができる。

「迷いがなければ、動きも速まる。当然の理屈でしょう！」

言いながら、さらにムラマサの斬撃を繰り出し、徳川の体にダメージを蓄積させていく。

「どこまでの愚物か！　そのような引っかき傷をいくら作ったところで、儂が倒れるまでに貴様が保たぬわ!!」

怒鳴り返す徳川。

その考えは正しい。それが、通常の武器であるならば。

「死ねい!!」

負のプラーナを込めた、御手杵の剛撃が、躱すことも避けることも許さないタイミングで真田に振り下ろされる。

まともに受ければ、いかなる盾や鎧でもそれもろとも粉砕され、押し潰されただろう。

「なんのぉっ!!」

真田のムラマサが、御手杵の一撃を受け止める。

「バカな……我が槍の一撃を……止めただと!?」

「気づきませんか？　ムラマサのプラーナが、増幅しているのを」

刀身から湧き上がる、赤きプラーナが、徐々に、徳川に一撃を加えるたびに、その輝きを増していた。

「ムラマサは、プラーナを増幅させる刀……あなたとの戦いが長引けば長引くほど、その力は増す！」

先のアーサーとの戦い。

どういう出自か分からないが、エクスガリバーとムラマサは、アーサー自身が言っていたように、「兄弟関係にある」――つまり、同じ属性の武具。

アーサーが真田の〝清海〟の一撃を、増幅したプラーナによって物理法則をねじ曲げた力で止めたように、ムラマサもまた同様のことができる。

（皮肉な話だ……アーサーとの戦いが、結果としてムラマサを用いた戦いの手本となった）

自分の数倍の長さと重さはあろう槍を跳ね除けながら、真田は思った。

「そして、今のあなたの一撃で、またムラマサは増幅する！　この一刀、耐えられるか！」

「おおおっ！……‼︎?」

再び繰り出されるムラマサの斬撃、その威力は、さらに増していた。

ザンッ！

それまで細かな傷しか与えることができなかった徳川の鎧、その肩部分が、斬り裂かれた。

「わ、儂に……傷を負わすとは！」

「このまま、終わらせる！」

刃を交えるごとに、ムラマサのプラーナは高まっていく。

『あと、あともう少しだ……！』

その力が最大限に高まった時に、四天王寺で聖皇が放ったのと同じ、大地を割る一撃を撃ち放つことができる。

真田と合一《ごういつ》した千姫は、己のプラーナの全てを、ムラマサに注ぎ込んでいた。

『まだ、半分ほど満ちたところだ……もう少し、粘ってくれ！』

「御意！」

再び、真田は徳川の周囲を駆け抜け、機動力を持って撹乱する戦法に移る。

ことここに至って、徳川の巨体は、却って弱点と化していた。

「おのれぃ……!!　つけあがるな!!」

幾度目かに振り下ろされる剛槍、御手杵の一撃。

床を砕き、巨大な穴をいくつも穿つ、容赦ない破壊力。

だが、避けることに徹した真田には当たらない。

「ちいっ!!」

「今！」

そして、徳川の焦りは、自然と隙を生む。

足元に斬撃を打ち込まれ、徳川は姿勢を崩した。

（勝機……か！）

背後に回りこむ真田、飛び上がり、背中に刃を叩きこもうとした。

当たれば、これで決着が付くかも知れぬほどの好機である。

「獲ったぁ!!」

だが、そこで真田は、何者かの視線を感じた。

(なんだ……!?)

徳川の背後を突いたはずなのに、なにかが、自分を見ている。

この場にいるのは、自分と千姫、あと徳川だけのはず。

なのに、凄まじい、邪悪な気配が——目の前から!

ギョロリと、徳川の背部、黒き巨大な翼の付け根に眼球があった。

「これは……!」

気づくのが遅かった。

黒き翼は、それ自体が意思を持つように動くと、鋭い鉤爪を備えた翼をはためかせ、真田の体を斬り裂いた。

「がはぁっ!!」

鉤爪の一撃は真田の鎧を紙のように引き裂き、その下の内部骨格にまで至る。

(これは……まさか、徳川と違う……別種の自律式攻撃兵装……!?)

真田は自らの装甲を限界まで減らし、それで得た速度で徳川を撹乱し優勢に立っていた。

逆に言えば、一撃食らっただけで、その優位は、容易に崩れる。

「切り札は最後まで持っておくものだ。真田」

そして、その隙を逃すほど、徳川は甘くない。

「────────!!」

繰り出される、御手杵の突き。

凶悪な破壊力のそれが、真田に繰り出される。

粉々になり、砕け散る真田の鎧。

吹き飛ばされ、地に叩きつけられ、二転、三転と転がる。

『真田……し、死ぬな！』

心中で、千姫の叫び声が聞こえる。

死んではいない。直前で、ムラマサが守ってくれた。

それでも、即死でなかったのが限界だった。

「う……ぐ……ううう……」

体中が、粉々になったように、激痛がやまない。

左手は、肩から先が動かない。

視界がかすみ、意識を保つのが精一杯。

『あともう少しだ真田！　今、八割五分……もうちょっとなんだ！』

ムラマサの刀身の輝きは、さらに増している。

あと五分、いや三分粘れば、準備は整うのだろう。

「ええ……ですが……残念なことに……足が……動かんのですよ」

両脚が、立っているのが奇跡なほどにダメージを負っていた。

おそらく、片方は折れているのだろう。

「よくもまぁ、ここまで粘ったものよ、真田。だがそれも終わり……愚かだのう……引き返す道はいくらでもあったろうに」

徳川の懐柔を受けていれば――。

黒き塔に立ち入らねば――。

一式の説得を受けて戦いから遠ざかれば――。

いや、もっと前、そもそも九度山に来た千姫の誘いを拒めば、こんな目には遭わなかったのだろう。

「徳川……殿……？　あなたは……自分が、生きながら死んでいると……思ったことはありますか……？」

「ん？」

嘲り笑う徳川に、真田は問う。

「自分で自分を許せないほど腐りきってしまった自分を、引き上げてもらったことはありますか……？」

なにもしなければ、苦しまずにすんだ。

そんな生き方は、自ら生を放棄したに等しい。

「私は……ただ、自分を引っ張りあげてくれた女の子のために、頑張りたいって思っただけなんですよ……ほら、私……男の子なんでね。カッコつけたがりなんです」

傷だらけになりながら、真田は不敵な笑みを返す。

『真田……！』

充填完了まで、あと二分……否、百秒を切った。

だが、真田の全てをかき集めても、その百秒が足りなかった。

「もういい、死ね」

無常に振り下ろされる槍を前に、残るは悔しさだった。

（くそう……勝ちたかったなぁ……！）

もしかして、ここまで勝利を欲したのは、この日が初めてかも知れなかった。

その切望は天に届かない。

だが、それでも奇跡は起こる。

「なに――――？」

徳川の槍が止まり、その顔が、驚きに強張る。

（なん……だ？）

徳川の足元に、いつの間にか法円が浮かんでいる。

「これは……法術!?」

法術――古に存在したと言われる、プラーナを用いることで世界の法則に干渉し、様々な奇跡を起こす術式のことである。

しかし、今はとうに失われ、四天王寺の結界など、一部にその名残が残るだけ。

(それがなぜ、こんなところに……)

真田が困惑している間に、法円が光を放ち、その術を発動させる。

「ごあああああっ！！！」

巨大な、幾本もの氷柱が伸び、巨大な獣の牙が突き立てられるように、徳川の体を縫い止める。

「なんだと……いったい何者だ!! この儂を……この儂ぉおおおっ!!」

絶叫する徳川。

ダメージ自体はそれほどでもなかったようだが、動きを封じられる。

「この……この程度でどうにかなる儂ではないわぁ!!」

それも一瞬のこと、渾身の力を込め、氷の呪縛を砕き散らした。

止まったのはほんの数秒か数十秒……それでも――

「それでも、十分だ！」

「しまった――!!」

ほんのわずかな時が、命運を分ける、それが戦。

『充填……完了だ真田！ ボクの全部を、オマエに託す！』

「託された!!」

刀身に浮かぶ、「天」「魔」「伏」「滅」の四文字、攻撃状態に切り替わったムラマサを、真田かろうじて動く右腕で振りかざす。

「斬！！！」

持ちうる全ての力、その最後の一欠片まで乗せてありったけを叩き込む。

「おおおおおおっ!?」

紅蓮の炎にも似たムラマサの〝刃〟が、御手杵を、それを持つ徳川の鎧も、そして徳川自身も、斜めに斬り裂いた。


同時刻――黒き塔の四十階。

「ぬ、ぬおおおおっ!?」

ムラマサの衝撃は、巨大な塔を激しく振動させた。

「な、なんだってんだオイ!?」

アーサーを倒した伊達、ようやくひと心地ついたと思ったところで、凄まじい振動にうろたえる。

『まるで神様が天から一撃を振り下ろしたみたいな衝撃ですわ』

上階からのプラーナの奔流を感じ取り、愛姫が言った。

「こんなことできるのは、ムラマサぐれぇか……へへ、あのヤロウ、やりやがったか！」

真田の勝利を確信し、伊達は拳を握った。

「さて、まだそう判断するのは早いと思うがな」

「――――!?」

背後からかかる声――独眼竜の一撃に必殺の背面十字斬りも加えて倒したと思ったアーサーが、涼しい顔で立っていた。

「て、テメェは不死身かよ！」

「勘違いするな」

刀を構え、警戒する伊達に、アーサーは手を広げ制する。

「見ろ」

そして、鎧の胸元を指差す。

そこには、真田に負わされたヒビがあり、その隣にふた回り小さな傷が走っている。

「我が鎧に傷を付けるとはな、大したものだ」

「なっ……あんだけやって……この程度かよ！」

「誇り賜え……我はこの戦いで、無傷で圧勝することを己に誓った。それを覆したのだ。この勝負、貴公の勝ちだ」

「………!?」

ようやく、伊達はアーサーの恐ろしさが分かってきた。

このアクトにとって、勝利とは敵を倒すことではない。

己に課した苦難を乗り越え、己自身を凌駕することが、勝利なのだ。

「そういう訳で、我はここで退散するとしよう」

くるりと踵を返すと、アーサーはその場を立ち去ろうとする。

「待ちやがれ！　まだオメェには聞きたいことが山ほどあんだよ！」

戦いの中、伊達はアーサーの行動の不審さに気づいた。

このアクトの目的は、徳川や、ましてや千姫とも別のところにある。

「アーサー、それが我が名だ」

「あン……？」

「貴公を蛮族と侮ったことを詫びよう。その証として、我が名を名乗った」

どこまでも自分勝手な態度に伊達は呆れそうになるが、今さらながら一つの事実に気づき、思い返したように答える。

「オレは伊達だ。独眼竜の伊達。見知りおけ」

「うむ、忘れまい。貴公も早くここを去った方が良い、そう長く保たないだろうからな」

去っていくアーサーの背中は、腹が立つほど無防備だった。

『なにしてますのよ、伊達！　今からでも追撃すれば……』

「いや、無理だ……」

伊達にそんな力は残っていない。残っていても、そんな卑怯な真似はできない。

なぜなら……。

「あのヤロウ……最後まで一回も、剣を抜かなかった」

武器を使うことなく、徒手空拳のみで圧倒され、勝ちを譲られた。

ここまでされて、なおも背中から襲いかかれるほど、奥州王の誇りは安くない。

「ちっ……世の中、強いヤツが多いなぁ」

まだ足りない。

さらなる強き力を、真田を、徳川を、アーサーを超える力を身につけなければならない。

心から、伊達はそう思った。


戦い終えた、最上階――徳川の体は二つに裂け、下半身は霧散し、上半身のみが転がっている。

『これで、終わったんだな……』

「ええ……」

もう立っていることすら辛い。そこまで、全ての力を出し切った。

出し切った上での、勝利だった。

「いや、まだ終わってはいない……」

そのはずなのに、目の前の徳川が、声を発した。

「バカな！　まだ、生きているだと⁉」

同属の力を盾としたアーサーならともかく、力の源である〝魔王〟と相反する力で叩き切られ、命を残している訳がない。

『待て、これは……この反応は……』

目の前の徳川の半身――そこから流れ出すプラーナに変化があった。

正しくは変化ではなく、今まで黒い、負のプラーナに覆われていたそれが、ようやく姿を現したというのが、正しい表現だった。

『あなたは、まさか……結城の……叔父上……？』

「久しいなぁ……千」

震える声で問いかける千姫に、徳川は――否、結城は、答えた。

「結城殿、だと……」

結城――先の関ヶ原の戦い以後、消息不明となった、知勇兼備を備えた猛将のアクト。

そして、徳川の息子である。

『どういうことなんです……これは……』

「すまない、お前たちには……迷惑を、かけた……」

結城の命の火は、消える寸前であった。

その最後の光をもって、千姫に真相を語る。

「関ヶ原の後……私は、父上の異変に気づいた……止めなければと、単身、珠流河に向かった」

愛槍である御手杵を手に、世を乱す外道と成り果てたというのならば、実の父すら殺める覚悟で挑んだ。

「しかし、勝てなかった……それほどまでに、父上は……〝魔王〟に感染した徳川は……

強過ぎた……」

半死半生と化した結城を、徳川は殺さなかった。

実の息子への情からではない。

生かして、影武者とするため。

父である徳川と同じ欠片を有する結城は、〝魔王〟の核の一部を分け与えられ、ニセの徳川に仕立てあげられたのだ。

「ずっと……ずっと闇に体を良いように使われ続けていた……ようやく、楽になれる……すまない。お前たちには、なんと詫びて良いのか……」

『叔父上……それでは……本物の徳川は……？』

「未だに珠流河だ。あそこから、一切動いていない……」

『そんな……！』

真田と千姫の、命がけの戦いも、全ては影法師を追っていたに過ぎなかったのだ。

「すまない千姫……私の力が足りぬばかりに……お前を、苦しめた……」

「結城殿、もう、そこまでで……無理をなさらないでください」

真田はそう言うと、ムラマサを抜いた。

「せめて、介錯仕ります……」

「すまない……助かる……」

もはや、結城の死は免れない。

いや、もうとっくの昔に、彼は死んでいたのだろう。

その死を〝魔王〟の力で歪められ、死ぬことすら許されぬ体で、彷徨い続けていたのだろう。

「真田殿……千姫を頼む……そして……父を……父であったものを、終わらせてくれ……こんな苦しみを、もうこれ以上続けてはならない……」

「はい……！」

野垂れ死ぬのではなく、武人としての礼をもっての引導を渡すことだけが、真田にできる最後のことだった。

「御免！」

ムラマサの刃が振り下ろされた。

『叔父上……憐れな……！』

今までの戦いが無駄になったことも辛かったが、自分と同じように、肉親を手にかけてでも世を救おうと挑んだ者の悲しき末路に千姫は涙せずにいられなかった。

『うふふ……うふふふっ！』

笑い声がする。

耳を疑った。今この時に、誰が、どういう了見で、こんな嘲りの笑い声をあげられるというのか。

「誰だ！」

身構える真田。その声はすぐそこから、結城の亡骸の下――自分を窮地に追いやった、黒き翼が嗤っていた。

『残念だったわねぇ〜、千姫ちゃん……すっごく頑張ったのに……真田くんもボロボロになって頑張ってくれたのに……これで世界は平和になるって思ったのよね？　うふふ』

それは、女の声だった。

ひたすらに軽く、全てを嘲笑うかのような、妖しい声だった。

『おねえさん、笑うのを堪えるの大変だったわ……だってあなたたちが必死になって倒した影武者は、本体のせいぜい十分の一、なのよ？』

嗤いながら、黒き翼は結城の体を離れ、さらなる変形を遂げ、鴉型のアクトとなった。

これこそが、結城に取り憑き、彼を操り続けていた〝魔王〟の分身。

漆黒の羽を揺らしながら、鴉は、なおも嗤うことを止めない。

『だから、なんだ……？』

千姫が、静かな声で答える。

『十分の一だからなんだ？　重要なのは、そんなことじゃない。ボクたちが、〝魔王〟の力を持つ者を倒したっていう事実だ』

〝魔王〟は、圧倒的な力を持つ、人やアクトの上位種ではない。

倒そうと思えば、倒せるものだということが、明確となった。

『オマエたちが十倍の力を持つなら……上等だ！　ボクらは十倍の力を得る。それだけだ』

『なにを、愚かな……』

一笑に付そうとして、鴉は言葉を止める。

千姫は本気だった。

必ず、〝魔王〟を滅ぼしてみせると、この瞬間、宣戦を布告したのだ。

「そういうことです……お引き取り願いましょう。そして、徳川殿に伝えると良い……次はあなたの番だと」

斬魔の力を持つムラマサの切っ先を突き付け、真田も宣言する。

『バカな子たち！』

一言を言い残し、鴉は消え去った。

おそらく、本体の元へ帰って行ったのだろう。

『ま、今回はここまで、か……』

ようやく、張り詰めていた気を緩める千姫だったが、事はまだ簡単に終わらなかった。

ゴゴゴ……

地響きが、聞こえる。

「これは……まさか……」

足元が揺らぐ。黒き塔が根底から崩れ始めていた。

『な……!?　どういうことだ！』

「塔を支えていた魔王の呪力が消えたことで、形を保てなくなったんです！」

『なんだと!?　それヤバイだろ！』

ここの高さは六十階。上がってくる際に使った馬威駆は破壊された。

さらに言えば疲労困憊の重症で、歩くことすらままならない。

「くっ……こうなれば千！　君だけでも逃げてください！　合一《ごういつ》を解除すれば可能なはず」

上手くすれば、階下の伊達と合流できるかもしれない。

『バカを言うな！　オマエを捨てて逃げられるか！』

「しかし、他に手は……私には構わずに――」

『うるさい！　オマエは言っただろ！　一緒に生きると……そんで、応って言っただろ！』

「ですが……」

『ですがじゃない！　あんな、告白めいたことしておいて、ちゃんと最後まで責任取れ！　言っておくがな、ボクけっこうドキドキしたんだぞ！』

「ええっとぉ～……？」

パニックを起こしているのか、千姫の話している内容がかなり脈絡を得なくなっている。

そうしている間にも、塔の崩壊が真田たちのいる最上階にまで達した。

「くっ……これは……!!」

『う、うわぁあああ!!』

瓦礫の波に呑まれ落下する中、二人は、意識を失う――

数時間後――

天をつくほどの威容をはなった黒き塔は崩れ去り、大量の瓦礫の山と成り果てる。

周辺に人間がいなかったのは幸いだったが、内部にいた〝魔王〟に操られたアクトたちは相当数が生き埋めになりその身を瓦礫の一部に変えた。

その山の一部が、もぞもぞと動き、手が突き出す。

「ぶはぁっ！」

現れたのは、青き鎧のアクト、伊達だった。

「愛、起きてっかー？」

『な、なんとかですわ～……さすがに、今回は死ぬかと思いましたわよ』

「はっ！　この程度で死んでられっかよ。オレ様にゃまだまだ大志があるってんだ！」

〝魔王〟もアーサーも倒せるほどの、新たな力を得る。

そのためにも、こんなところで死んではいられなかった。

「しかし……えらくすっきりしたなオイ」

目の前の瓦礫の山は、見る者を呆然と立ち尽くさせるものがあった。

『真田と、あの千姫は生きているのかしら……？』

「バーロィ、そんな簡単に、死ぬかよ……」

不安げな愛姫の声に、言葉では強気で返すが、なんの確証もなく、語尾が消えそうになる。

「ん……？」

と思ったら、一段高い瓦礫の山の頂上に、見覚えのある後ろ姿のアクトが立っていた。

「真田……あはは！　生きてやがったかテメェこのヤロウ！」

大喜びで駆けつける伊達だったが、逆光のためによく見えなかったその姿がはっきりとするにしたがって、笑顔が消える。

「お、オメェは……」

「なんだ、貴様か……」

そこにいたのは、真田ではなく、真田の兄弟機、一式だった。

「なんでテメェここにいやがる！」

「貴様に理由を話す義理はない……ああ、ちょうど良い、これを受け取れ」

「あん？」

そう言って振り返った一式は、弟である真田を抱きかかえていた。

気絶しているが、死んではいない。

「真田……！？　お、オイ、オメェ……コイツを助けてやったのか？」

よく見れば、一式の体のあちこちに、無数の傷がある。

それこそ、崩れゆく塔の中に果敢に飛び込み、弟を助け出さなければ付きそうにもない傷である。

「……たまたま、拾っただけだ」

「たまたま、ねぇ」

無愛想な一式に、伊達はニヤニヤと意地悪い笑みを返す。

「コイツが起きたら、どうすんだ？　オメェのこと言っとくか？」

「無用だ。貴様らが助けてやったと言っておけば良い。せいぜい恩に着せておけ」

気を失っている弟を伊達に託すと、一式は、その場を去っていった。

「なんでい、いいアニキじゃねぇか」

去りゆく後ろ姿を見ながら、伊達はおかしそうに笑った。

終章 光明

珠流河城、最上階――天守の間において、城主徳川は、遠く摂津で起きた、真田と偽徳川こと結城の戦いのあらましを聞く。

「――以上です」

語って聞かせたのは、盟約の下属している客将、アーサーだった。

「結城が倒されたことで、あの一帯から魔王の因子は消滅しました」

摂津において〝魔王〟の感染源となっていたのは、分身たる結城。

その根源がムラマサによって倒されたことで、他の感染者たちも連動して正気に戻った。

「やはり、凄まじいものですね。魔王すら殺す妖刀……ムラマサ」

言葉とは裏腹に、アーサーは面白そうに笑っている。

「くだらないわね」

しかし、簾の向こう、徳川の脇に控えし〝姫〟、瀬名姫が吐き捨てるように返した。

日頃の、おぞましいまでの艶気にあふれた笑みは感じない。

唾棄すべき者を語るように、不愉快さを露わにした口調だった。

「それでは我はこれにて退室させていただく。また、なにかあれば……」

付き合いきれぬとばかりに立ち上がるアーサー、去り際に思い出したような口調で尋ねる。

「ところで、徳川殿……我が貴方と交わせし盟約、覚えてらっしゃるか？」

「ふざけたことを。日ノ本統一の暁には、汝が追放されしブリテンの奪還を手助けする、それまでは客将として仕える……そうであろうな」

徳川に変わり、忌々しげに、瀬名姫が答えた。

「ふっ……ま、覚えてらっしゃるのならそれでけっこう」

なれぬ襖を開けて、それ以上はなにもいうことなく、アーサーはいなくなる。

「…………」

「憐れなものね、あのバカ娘……本気で私たちを倒せると思っているなんて！」

言葉に反して、瀬名の口調には余裕はなかった。

あの戦いの後、鴉に宿り、彼女は真田たちに相対した。

絶望を与えるつもりが、心を折るどころか、千姫は強き意志で睨み返してきた。

「勝つつもりでいるのであろう……この儂を……天魔の王をな……」

深く、闇の底から響くような声で、徳川は——否、〝魔王〟は答えた。


珠流河の城を歩むアーサー、彼の目の前に、一人の少女が現れる。

真田と千姫が四天王寺で出会った少女、サラだった。

「ご無事のご帰還、なによりじゃのう、客将殿」

「貴女こそ、色々と動き回っていたご様子で——天海殿」

老婆のような話し方をする少女に、アーサーはやや皮肉をこめて返す。

徳川に仕えし大法師、天海。それこそがサラの本当の姿だった。

「どうじゃ、あやつらは、モノになりそうじゃったか？」

「さて……以前、武田や上杉とも相対しましたが、彼らに比べればまだまだ……」

問いかける天海に、アーサーは肩をすくませつつ答える。

「では、見込みなしと？」

「いえ」

アーサーは、白銀の鎧に付けられた、二つの傷をなぞる。

「未知数ということです。大きな番狂わせを起こしてくれるかもしれません。それも、二人も……ふふふ、おもしろい」

楽しげに、アーサーは嗤う。

「〝魔王〟を滅ぼせし者。黒きアクトの復活を阻止し、今度こそ、この世より消し去ってくれる者たち……」

天海は、目を細め呟いた。

〝魔王〟――その正体は、世界の創世のはるか以前、闘神によって斬り裂かれた、邪神の残滓。

闘神の刃にこびりついた邪神の血である。

死してなおやまぬ怨念は、血を媒介として、闘神の刃の欠片たるアクトに残り続けた。

それから数千年、もしくは数万年……宿主を変え、自らを滅ぼした者の体を奪うことで進化を続け、いつの日か神の頂に返り咲こうとしている。

いや、していた――

ある一機の、アクトが現れるまでは。

その黒きアクトは邪神の怨念すら飲み込み支配し、己を〝魔王〟と称した。

今川、斎藤、浅井、六角、朝倉、松永、別所、三好、数多くのアクトを、乱世そのものを喰らい潰す勢いで倒し、呑み込んでいった黒きアクトは、ついに都の、皇の前に現れる。

それを阻むべく、三十年前、天海は〝姫〟として契約を交わした白きアクト、明智とともに、黒きアクトを討伐した。

「ワシはあの時、失策を犯した……〝魔王〟を滅ぼすことができるのは、ムラマサのみ……明智は、黒きアクトを倒したが、今度は明智が〝魔王〟と化してしまった」

明智は豊臣に倒され、今度はその豊臣が〝魔王〟と化し、そして今は徳川に……。

〝魔王〟は、天下にもっとも近き者に取り憑き、黒きアクトとして復活する時を窺っている。

「この呪われし体にできることは……今度こそ、〝魔王〟を滅ぼせる者を導くのみ」

邪神とはいえ、神。

そして〝魔王〟は神の一部。

黒きアクトを倒した日、明智が〝魔王〟になってしまったように、その明智と契約を交わした〝姫〟である彼女も、呪いを受ける。

決して死ねない呪い、不死の呪い。

天海は、容姿こそは少女だが、その齢はすでに六十を超す老婆である。

『分かっているわ、テンカイ。この国に蔓延る〝魔王〟を滅ぼすことは、私たちの悲願でもあるのだから』

アーサーの口を借り、彼と契約を交わせし〝姫〟が、声を発する。

『私たちの祖国ブリテンは、〝魔王〟に支配された……人の手に奪還するためには、この国にあるムラマサと、その持ち手が必要。私たちはそのために、ここまで来たのだから』

「じゃったな……聖剣エクスガリバーでも滅ぼしきれなんだ、西洋の〝魔王〟……」

『ムラマサ……あの力とエクスガリバーが合わされば、ブリテンの……いえ、西の国々の多くを支配した他の〝魔王〟たちも、滅ぼすことができる』

すでに、世界に八つある国のうち、西の半数は〝魔王〟の支配下に置かれていた。

日ノ本の者たちは知らない。世界が、どれだけの危機にあるか。

「分かっているよ、レイク……キミと契約を交わした際、我は君の願いを叶えると約束したはずだ」

アーサーは、悲しみにくれる己の〝姫〟を、愛おしげに宥める。

祖国ブリテンの奪還こそ、アーサーが〝姫〟と交わした約束。

「我は、約定を違えはしない。そう、徳川殿との盟約もな」

アーサーが盟約を交わしたのは、〝魔王〟に感染する前の徳川。

日ノ本を統一した後、必ずブリテン奪回のための力を貸すと、異国より流れてきたアーサーを受け入れた。

その代償として、アーサーは、もし徳川が志半ばで〝魔王〟に乗っ取られた時は、自分を滅ぼすために立ち上がった者の力になると約束を交わした。

「ようやく、時は満ちたか……」

十二年の歳月を経て、ようやく、ムラマサの力を引き出せる少女が育った。

「大いなる戦いが始まる……誰も知らぬ時が刻まれよう」


アーサーが立ち去った後、天守の間にて、〝魔王〟は静かに思案する。

「あともう一歩というところであった……」

本能寺の乱——天魔の王を名乗りし黒きアクトは、都に上り、皇を手に掛けた。

そこに現れた白きアクト、明智によって一度は倒される。

それでも勝算はあった。

この日ノ本から、皇の血筋さえ根絶されれば、ムラマサを操れる者はいなくなる。

古の昔、邪神を倒した闘神は、邪神の尾より作りし八つの剣を、八つの国の皇たちに与えた。

「いつの日か邪神の流れを汲む者が現れし時、その剣を用いよ」と、言い残し。

その一振りが、ムラマサなのだ。

人を殺すには人の武器でならぬように、アクトを殺すにはアクトの武器でならぬように、邪神の流れを汲む〝魔王〟を滅ぼせるのも、邪神の一部を鍛えて作った武具でなくてはならない。

だが、常人では、邪神の武具を使いこなすことはできない。

神より剣を託されし、皇の血を継ぐ者でなければ——。

「まさか、生き残っておったとはなぁ……やってくれたものよ、徳川」

三十年前、聖皇の末裔たる日ノ本の皇の一族は根絶やしにされた。

だが、たった一人、皇女が逃げ延びた。

彼女を隠匿し、我が娘として偽装し、かくまったのは徳川。

そして、徳川の下で、彼の孫として生まれた少女は、千と名付けられた。

「敵である豊臣に送りつけ、我が手から逃れさせるとはな……とんだ狸よ」

豊臣の姫でもなければ、徳川の姫でもない、千姫は、彼女自身も知らないが、日ノ本の皇姫だったのだ。

「そしてひたすら、その小娘が育つまで、己の中で〝あなた〟を封じ込め続けたのね……本当に腹の立つ話。おかげで、どれだけの時を無駄にしたか」

忌々しげに、〝魔王〟の脇に侍る瀬名姫——否、その名は本物ではない。

彼女の名は帰蝶《きちょう》。

黒きアクトと契約を交わし、〝魔王〟の〝姫〟となりし者。

「無駄なあがきよ……。あの小娘、この私にあのような口を……。必ず、恐怖と絶望の底に叩き落とし、生を受けたことさえ後悔させてあげるわ！」

「……そう……上手く……いくかな……」

「!?」

徳川の口から、今までとは異なる声が生じる。

驚く瀬名姫、信じられないものを見るように、徳川の口元に目を遣る。

「ふふふ……大したものだ……まだ、わずかながら意識を保っていたかよ」

それすらも一興とばかりに、徳川だったもの、、、、は笑う。

残り少ない徳川の意識が、完全に呑み込まれた時、〝魔王〟は真なる復活を遂げる。

「日ノ本……小さい小さい……世界の全ては、俺のものよ」

全てを喰らい尽くす、神すら凌駕する野望を双眸に宿しながら、〝魔王〟――黒きアクト、織田は言った。


黒き塔の戦いから数日後――

戦いの傷が癒えた真田と千姫は、ようやく、目的地である央坂城へ着いた。

「やっと、着きましたね」

「ああ……遠かったなぁ～……」

感慨深げに呟く真田に、千姫が答える。

蟄居先の九度山を出て、紀州を脱出し、摂津国に至り、城へ――。

徳川との全面対決どころの話ではない。

そのスタート地点に立つだけで、死闘の繰り返しだった。

「再び、生きてこの城を見ることになるとはなぁ……」

戦いとは、なにかを守る者が、なにかを欲する者が、踏み込むものだ。

真田はそれを失った。

守りたいものも、欲しいものも、なにもかも失った。

なのに、なんの間違いか、それが降って湧いたように現れた。

「どした？　ボクの顔になにか付いているか？」

気づかぬうちに、真田が千姫の顔を、じっと見つめていた。

不思議な少女である。

おそらく、彼女一人なら、足軽一人倒せない脆弱さだろう。

だが、人並み外れた強気と生意気と負けん気と、そしてなにより、いかなる絶望にも決して折れない希望を、その両目に宿している。

見てみたいと思った。

この少女が、この先の戦いの果てに、いったいいかなる世界を作るのか。

「千……私の全てを、君に捧げよう。君のために、私は戦う」

そのための盾となり、剣となり、鎧となる。

あらためて、真田は誓った。

「なっ………!?」

「ん？」

千姫が、顔を真っ赤にしていた。

あわあわと口を震わせ、目は戸惑って泳ぎまくっている。

「お、オマエ！　いきなしそーゆーこっ恥ずかしいこと真顔で言うな！　心の準備させせろ！」

「そ、そんなおかしなことを言いましたか？」

怒っている……というのも、近いが、違う。

恥ずかしがりながら喜んでいるような、不思議な表情であった。

「もういい！　ほら、さっさと行くぞ！　ついて来い！」

言うやいなや、駆け出す千姫。

「はいはい！」

微笑み、彼女の後を付いて行く真田。

「ボクたちの戦いは、これからだ！」

満面の笑顔で拳を突き上げる千姫。

その姿は、この先に訪れるであろう怒涛の時の流れに正面から立ち向かい、その全てをひっくり返してしまいそうだと、真田は思った。

完

あとがき

初めての方ははじめまして。そうでない方はお久しぶり、ＳＯＷでございます。

この度は、「プラアクト斬」をお読みいただき、ありがとうございます。

お手に取っていただいた方たちにはもはや説明の必要もないと思いますが、プラアクトとは、ホビーメーカー、ピーエムオフィスエー様が展開している、オリジナルのプラモデルシリーズです。

本作は、さらにそこに、諏訪姫プロジェクトでお馴染みの諏訪姫など〝姫〟を絡めたノベルストーリーとなっております。

主人公は今年で没後四百と一年の、真田幸村をモチーフとした〝真田〟。

幸村は「日の本一の兵」と呼ばれし真田昌幸、武神と恐れられた武田、軍神と讃えられし上杉、関八州を征した北条、魔王と畏怖された織田信長、太閤豊臣秀吉、さらに関ヶ原において西軍十五万の総大将石田三成に、三成を支えた名将大谷吉継、そして独眼竜伊達政宗と、様々な戦国乱世の英雄たちと縁を持ち、最後に天下人家康と相対するという、戦国時代の総決算とも言える人物です。

その魅力を、プラアクト真田の中にも込めたいという思いで、描かせていただきました。

そして、そんな真田とコンビを組む千姫。

彼女は実在の人物であり、本作執筆にあたって、ご挨拶に行くかと、東京都文京区小石川にある傳通院《でんづういん》に行ってきました。

千姫のお墓のある傳通院は、三度の大火に東京大空襲で何度も全焼しているそうです。

しかし、境内は燃え尽きても、天樹院こと千姫様のお墓はしっかりと残っています。

その姿に、時代を超える強さをもった姫の強さを感じ、今回もう一人の「戦国時代を象徴する人物」としてヒロインと相成りました。

本作内ではかなりはっちゃけたキャラクターとなっていますが。

お墓参りをした際に「申し訳ございません。どうか怒らないでください。できれば、暖かく見守ってやってください」と平身低頭してきました。

そんなわけで、お付き合いいただき、まことにありがとうございます。

それではまた、どこかでお会いできることを、心より願っております。

SOW

巻末付録

著者の視点で解説する

『プラアクト斬』用語解説

文・SOW

『プラアクト斬』に登場する歴史上の用語などを著者自らの視点で解説。これを読めば、本編をさらに理解して楽しむことができる……はず！

片桐（かたぎり）

元ネタは「賤ヶ岳の七本槍」の一人、片桐且元（かつもと）です。秀吉に仕えた古参の家臣であり、正史では徳川と豊臣が争わないように最後の最後まで粘り強く交渉を続けた苦労人です。しかし結果として豊臣方から裏切り者扱いされた挙句に殺されかけ、やむなく徳川に付きます。その上で、大坂城落城直前には、秀頼の助命を訴えるなど、立派な人です。本作での扱いは最悪ですが。

九度山（くどやま）

紀州（現在の和歌山県）にある山の一つ。正史では幸村（信繁）は高野山に蟄居されるはずでしたが、女人禁制で奥さんや娘を連れていけないので、こちらに居(真田庵)を構えました。そのかい(?)もあってか、この地で幸村は十人近くの子供を設けています。

小松姫（こまつひめ）

元ネタは真田信之の奥さん、小松殿です。かなり苛烈な性格の人だったそうで、その手のエピソードに事欠きません。とはいえ夫婦仲はよかったようで、彼女が死んだ時、信之は「我が家から光が消えた」と嘆いたと言われています。父親はあの本多忠勝！　さらに家康の養女でもあり（千姫は義理の姪になる）、二代将軍秀忠の義理の姉にもなります。

真田一式（さなだいっしき）

元ネタは、真田幸村（信繁）の同母兄、真田信之ですね。弟や父と違い、徳川家に仕えました。戦国苦労人ナンバー1が家康としたら、ナンバー2は信之と言う人もいるくらいの苦労人です。信之は、関ヶ原までは「信〝幸〟」でしたが、その後「信〝之〟」に変えています。代々続く「幸」の字を捨てることで、徳川への忠誠を表したそうです。こういうところからも、苦労人ぶりが垣間見えますね。これだけストレスを抱えていたにも関わらず長命で、93歳まで生きました。

四天王寺（してんのうじ）

大阪府大阪市阿倍野区にある実在の寺。聖徳太子が物部氏討伐に勝利したことを記念し建立された、日本最古の仏教寺院の一つ。その位置づけから、日本仏教界の総本山としても位置づけられています。四天王寺がある阿倍野区は不思議な場所であり、千年を超す平安京よりも古い都市であり、最古の寺院を擁し、かつては安倍晴明の所領でもあった。ちなみに、真田信繁終焉の地でもあります。

諏訪姫（すわひめ）

正式には「諏訪御料人」と呼ばれていますが、こちらも本名は残っていません。この時代の女性は、たとえ天下人秀吉の正室高台院であっても、本名が「ねね」だったのか「おね」だったのかはっきりしていません。ちなみに正史では二十代半ばで早逝した諏訪御料人ですが、こちらの諏訪姫様は元気いっぱいです。

聖皇（せいおう）

あえて名言は避けますが、「十人の人の話を同時に聞いた」「馬屋で生まれた」等で有名な人が元ネタ。この方は様々な伝説が多すぎて、非実在説、もしくは複数人説が議論されています。ですが、一つさらに飛躍した説もあり、日本の神話に登場する、ある人と同一なのではないかという説もあります。その方の名前もあえて避けますが、ヒントとしては「女装がすごく上手かった」。そこから導き出される、「ムラマサ」の正体は……？

千姫（せんひめ）

正史では徳川家康の孫であり、豊臣秀頼の正室だった人ですね。また織田信長の妹、お市の方の孫でもあるので、戦国ビッグ3の総決算みたいな人です。祖母も母も美女であり、千姫も大変な美女だったと伝わっています。大坂の役の際、幸村が千姫を逃がすため矢文を打ったという逸話が真偽不明ながら残っています。

ムラマサ

元ネタは「村正」ですね。陽としてイメージのある「正宗」と対を成す存在です。家康の祖父、並びに父は、村正を持った敵に暗殺され、嫡男信康が切腹した際にも村正が使われ、さらには真田幸村の愛刀でもあったことから「徳川に仇をなす刀」のイメージができたみたいです。江戸期には所有が禁止されており、それが原因で切腹を申し付けられた大名もいました。

愛姫（めごひめ）

伊達政宗の正室「愛」ですね。東北を平定した平安時代の武人、征夷大将軍坂上田村麻呂の末裔を名乗る、田村家の出身です。色々あったものの、夫婦仲は良かったらしく、人質として大坂に送られた際は「いざって時には私を見捨ててください。自決用の匕首は持ってきてます！」と手紙にしたためたという、気合の入った女性です。

結城（ゆうき）

元ネタは、徳川家康の次男、結城秀康。〝秀〟の字が入っていることから分かるように、家康の子として生まれた後、秀吉の養子となって、その後、結城家に養子に入りました。文武備えた傑物だったらしく、家康が後継者を選定する際、家臣のほとんどは彼を支持したそうです。その器量は家康も認めるところでしたが、何故か後継者には選ばれませんでした。正史では関ヶ原の合戦後に病死しています。

莉世姫（りよひめ）

史実における真田幸村（信繁）の正室の名前は明らかになっていません。長男の幸昌を生んだ、大谷吉継の娘の本名も残っていない。本作では『真田太平記』（池波正太郎著）等でも有名な「於利世」から名付けました。

プラアクト 斬

2016年6月25日　初版発行

著　者 ―――― SOW

イラスト ―――― 稲葉コウ
原　案 ―――― (株)ピーエムオフィスエー
編集人 ―――― 佐藤　理
発行人 ―――― 吉木稔朗
発行所 ―――― 株式会社 創芸社
〒151-0053 東京都渋谷区代々木 1-47-6-1 階
電話：03-6300-0075　FAX：03-6685-5733
カバーデザイン ―― Bee-Pee
印刷所 ―――― 株式会社 エス・アイ・ピー

ISBN978-4-88144-217-3 C0093